El Soltero más Codiciado de Atlanta II

MIA MAE LYNNE

De la saga Los hombres del sur no se enamoran

Publicado por: Book & Spirit , LLC

Portada : Lex Hupertz

Revisión: Victoria Forte, Argentina 2018.

Atlanta, Georgia

ISBN: 1943651191
ISBN-13: 978-1943651191

DEDICADO A

El dios omnipotente de Amor y Luz:

Por favor bendice este libro para que todos los lectores puedan disfrutar de la manera en la cual los ángeles y los guías del espíritu han querido.

Mis padres:

Johnnie Mae Parker (1 de mayo de 1937 – 23 de abril de 2013)

Carl Parker (5 de abril de 1929 – 25 de febrero de 2009)

Las lecciones que me dieron me seguirán durante toda la eternidad.

Mis hijos Carlos y Marcus:

Seguid vuestros sueños y las recompensas serán mucho mayores de lo que jamás pudieseis imaginar.

Mi amiga Linda Smithers:

Los diamantes son el mejor amigo de una mujer. Tu aliento y guía me han ayudado a superar obstáculos aparentemente imposibles, solo por ser como eres. Tú eres verdaderamente mi diamante.

Melissa Montgomery:

Admiro cómo manejas cualquier situación desastrosa con la gracia y serenidad de la belleza sureña que eres. Tienes un talento para captar el lado más brillante de la vida y esparcir tu luz a los que son afortunados de conocerte.

Noel Marion, mi primer lector de la serie completa:

Gracias por creer en mí e inspirarme a alcanzar más.

Mi mejor amigo Dolphis Sloan (9 de junio de 1965 – 14 de febrero de 1998):

Como mi hermano mayor, me ayudaste durante mi adolescencia y me animaste a seguir tu ejemplo de ir a la Universidad de Akron. Eres un espíritu realmente amable y libre y aún después de todos estos años, todavía te echamos de menos.

AGRADECIMIENTOS

«Para todos los que me han dado su tiempo para apoyarme a través de la escritura, humildemente expreso mi gratitud». – Mia Mae Lynne

Kim, Dawn, Kelli & Marcella
Familia de sangre

Lex Hupertz
Nicole Penny
Nicole Westbrook
Mi Tribu

TRABAJADORES DE LUZ

«Los trabajadores de luz son aquellos que son traídos a la tierra y se dedican desinteresadamente a usar su tiempo para iluminar a la humanidad y hacer el mundo un lugar mejor» – Mia Mae Lynne

Debi J. Fellows
Spirals of Spirit, Painesville, Ohio

Effie Kapodistrias
Effie's Divine Celebration, Oakville, ON

Nicole Westbrook
Inner Fyre, Mentor, Ohio

Capítulo 1

Ella era el amor de su vida y ella había dicho "Si."

Mientras Doug liberaba a Lisa lo suficiente como para mirarla a los ojos, la ansiedad de las últimas semanas se desvanecía. Todas las miradas inquisitivas, el desconcierto, el enojo estaban ahora resueltos. Ellos estaban destinados a estar juntos, a disfrutar una vida de emociones juntos.

Lisa se relajó al tiempo que inspiraba el último aliento del beso de Doug. Ella estaba ahora más calma de lo que habría estado en semanas. La inesperada propuesta de Doug trajo una largamente esperada explicación a sus encuentros.

Estar parada en el medio de un espacio sagrado con el hombre del que se había enamorado confirmaba que ellos estaban destinados a ser unidos en sagrado matrimonio.

Doug y Lisa se percataron de que otras personas aún estaban en la iglesia junto a ellos. Ambos miraron al Reverendo Morris y a su esposa Ikeda.

El Reverendo Morris tomó con suavidad la mano de Ikeda y caminó hacia Doug y Lisa. "Felicitaciones a ambos y gracias por recordarme porqué me casé con Ikeda". Reverendo Morris estrechó la mano de Doug mientras éste sonreía con aprecio. "Tenemos mucho de que hablar, Doug. Te llamaré el lunes".

El Reverendo le dio unas palmadas a Doug en el hombro y Mrs. Morris abrazó a Lisa, y la pareja se alejó para darle a los tortolitos un momento a solas.

Lisa tomó la mano que Doug le ofreció, permitiéndole volver a atraerla hacia su cuerpo. Ella inspiró su perfume olor madera. Era el que había usado la noche de la recaudación de fondos en la que ellos inesperadamente volvieron a encontrarse. Ella exhaló, su corazón latiendo más fuerte.

Sus manos rodearon la cintura de Doug y ella recostó la cabeza en su hombro, miró el rostro que la enfrentaba. Él le sonrió, ella cerró sus ojos aceptando el beso que él le depositó en los labios, llevando el rastro hacia su oído. "Vayamos a mi casa."

"Ok".

Aún atontados por los inesperados eventos de ese día, salieron de la iglesia y Doug siguió a Lisa hacia su coche. Lisa estaba encantadora en su vestido blanco de longitud de té que se ajustaba perfectamente a su cintura y era lo bastante flexible como para acentuar su figura. De momento él se sentía incapaz de hablar. Nunca había esperado que ninguna mujer capturara su interés o su corazón en tan poco tiempo.

Lisa se detuvo al lado de su coche y volteó para mirar a Doug. Clavó la mirada en sus ojos azules y sintió una conexión más profunda, mayor de la que nunca se habría imaginado. Lo atrajo hacia ella para otro tierno beso y le susurró "Te veré pronto".

Doug se apartó de Lisa con su nuevo compromiso bien presente en su mente.

Para un hombre con fobia hacia los compromisos, él sacudió sus temores en menos de un par de meses con una mujer a la que apenas conocía.

Entró en su Mercedes y miró por el espejo retrovisor. Lisa estaba en su coche lista para seguirlo hacia su hogar.

Respiró hondo y empezó a conducir.

Lisa todavía estaba aturdida por el giro de los acontecimientos de esta tarde. No podía creer que aceptara la propuesta de Doug sin pensarlo dos veces. Sabía que estaba enamorada de Doug y él era el hombre que la acompañaría toda la vida.

Capítulo 2

Lisa se detuvo justo detrás de Doug. Él estaba esperándola, mirándola mientras ella venía hacia él. Sus ojos estaban conectados en una mirada dulce. Doug abrió la puerta, tomó su mano y entraron a la casa juntos.

Doug no podía esperar más para sostener a Lisa en sus brazos otra vez.

Sintiendo el deseo por su flamante prometida, estampó besos sensuales contra su frente mientras sus manos apretaban gentil pero también firmemente sus caderas. Sus dedos la apretaron con fuerza y pudo oír los latidos de su corazón y sintió una oleada de calor que recorrió todo su interior.

Sus labios se sentían suaves contra su piel, estampando más besos en su frente, su mandíbula, hasta ese punto en su cuello que hizo que ella tirara su cabeza hacia atrás con un gemido. Lisa no pudo desabrochar la camisa de Doug lo suficientemente rápido. Los últimos botones salieron volando para rodar por el suelo. Él le bajó el cierre del vestido y en cuanto ella salió de la prenda la tiró a un costado. Lisa sacudió su cinturón y él la ayudó a quitarle sus pantalones. Se quitó el sostén y las manos de Doug rodearon sus caderas rápidamente quitándole la tanga. Ambos estaban desnudos, explorandose uno al otro con acalorados besos.

En cuanto Doug se despertó por completo, tiró de la mano de Lisa y subieron corriendo las escaleras hacia su habitación. Ambos se lanzaron sobre la cama aún apretando, mordiendo, chupando y acariciando, no dispuestos a liberarse mutuamente de su abrazo.

Lisa separó sus piernas para formar una cuna en la que Doug pudiera encajar. Él la sujetó por la cadera y se posicionó para entrar en ella, penetrando con fuerza en su cuerpo. Por un momento ella se tensó, y él redujo la velocidad, observando su rostro, la forma en que sus ojos se fundieron lentamente en chocolate caliente, la forma en que sus dedos se movieron sobre su espalda, le clavaron los hombros y sonrió, haciendo coincidir sus movimientos.

Ella enrolló sus piernas alrededor de sus caderas, cambió de posición para poder empujarlo, montar su cintura, y observar su mirada sorprendida.

Doug enrolló su mano en su cabello y la atrajo para volver a besarla, dejándola dirigir el modo en que hacían el amor, disfrutando de la pasión que crecía entre ellos. Puso los ojos en blanco y comenzó a tomar respiraciones profundas para frenar el clímax que sabía que estaba por venir.

Lisa aceleró el ritmo. Su corazón latía más rápido y la euforia se extendió a través de ella. Llegó al clímax, gritó y ronroneó, cayendo sobre el pecho de Doug mientras trataba de recuperar el aliento.

Doug empujó dos veces más, sosteniendo las caderas de Lisa con su propio orgasmo, regocijándose con el placer del cuerpo de su amante.

Sus suaves senos presionaron contra su pecho peludo. Sus manos vagaron por su espalda, saboreando el momento que congeló el tiempo para su celebrada unión. Doug miró a Lisa y supo que ella era la mujer más emocionante que alguna vez tuvo en la cama.

Cuando los pensamientos de Doug comenzaron a volver a la normalidad, tuvo una mirada confusa y aturdida. Sintió un profundo vínculo espiritual que nunca había sentido hacia una mujer y por unos instantes se estremeció por completo.

La satisfacción de Lisa se convirtió en preocupación. Miró a Doug y al instante supo que algo estaba mal. "Doug, ¿estás bien?"

Doug miró a Lisa, pero aún no podía hablar. Cubrió sus palabras con un profundo beso, sintiendo que sus almas se habían entrelazado de tal manera que él sabía que de ahora en adelante nunca estarían separados. "Sí Lisa, estoy bien".

Lisa se acurrucó al lado de Doug.

Ambos sonrieron ante el redescubrimiento del placer de explorar el cálido ardor del cuerpo del otro.

Eran las 9:00 p.m. cuando se despertaron de su breve siesta. Las semanas de tensión y el haber hecho el amor apasionadamente les habían pasado factura. Ahora, sin embargo, estaban ambos relajados, con una sonrisa tranquila y pacífica en sus caras. Se enfrentaron satisfechos con el hecho de que estarían juntos para siempre.

Lisa fue la primera en reír.

"¿Qué?" Doug preguntó sonriéndole.

"Mis padres no creerán esto. He pasado las últimas semanas tratando de convencer a todos de que solo eramos amigos y nadie me ha creído."

Doug se rió entre dientes. "Yo sabía que era más que eso. Simplemente no podía entender por qué".

"¿A quién quieres llamar primero?" preguntó Lisa.

La mano de Doug acarició su brazo y la atrajo hacia sí. Las manos de Lisa acariciaron suavemente su espalda mientras él le susurraba al oído.

"Vayamos a ver a mi tía Mona esta noche".

"¡Esta noche! Es tarde, Doug. ¿Estará despierta?"

"Seguro que si." Doug sacó a Lisa de la cama sellando sus labios contra los de ella para convencerla de que todo estaría bien.

Una hora más tarde llegaron a la puerta de Mona.

Ella estaba aún despierta y sorprendida de verlos. "Doug, Lisa, pasen. ¿Está todo bien? ¿Por qué están aquí tan tarde? Mona se detuvo para observar a la pareja. Estaban sonriendo y tomados de la mano. Los ojos de Doug brillaron y Lisa se sonrojó profusamente.

"Acabamos de comprometernos.", dijo Doug con orgullo.

Mona farfulló, atrapada en el abrazo de la feliz pareja. "¿Qué ... cuándo sucedió?"

"Hoy". Respondió Doug . Levantó la mano de Lisa y le mostró a su tía el anillo que era una reliquia familiar que ella le había legado.

"¡Felicitaciones! ¡Qué emocionante!" Los abrazó a los dos otra vez. Su gato se asomó desde la cocina para ver qué era todo ese alboroto. Mona se dio la vuelta. "Shoo Whiskers".

"No vamos a quedarnos mucho tiempo. Vamos a pasar por la casa de los padres de Lisa antes de que sea demasiado tarde, pero queríamos que fueras la primera en enterarte".

Después de salir de la casa de Mona, llegaron treinta minutos más tarde a la casa de los Dunbar. Las luces todavía estaban encendidas porque la familia estaba entreteniendo a los familiares que llegaron para la boda de la hermana de Lisa, Terri, que sería el sábado.

Los ojos de Ann se iluminaron al estrechar a su hija en un cálido abrazo. "¡Lisa! Estoy tan feliz de que hayas venido. Estábamos hablando, Lucille y yo, sobre ... " Ann se detuvo cuando vio a Doug detrás de su hija, apenas logrando mantener sus modales por la sorpresa. "Encantada de verte de nuevo, Doug. ¿Como estás?"

Doug se movió con nerviosismo mientras agarraba la mano de Lisa. La apretó con fuerza y Lisa lo miró y le sonrió. Sus ojos brillaron cuando le devolvió la sonrisa. Las cejas de Ann se arrugaron con preocupación.

Lisa levantó su mano y se la extendió a su madre mientras le daba la noticia.

"Doug y yo acabamos de comprometernos".

Ann alzó sus manos y gritó.

Dave saltó rápidamente del sofá y estuvo al instante al lado de su esposa.

"¿Qué está pasando?", preguntó Dave.

"¡Tu hija acaba de comprometerse!"

Dave sonrió y le ofreció su mano a Doug. Se estrecharon las manos mientras Ann abrazaba a Lisa. Todos entraron a la sala de estar. La tía Lucille había escuchado la conmoción y saludó a la pareja. Se hicieron las presentaciones formales y todos se sentaron a conversar.

"Doug, Ann es mi hermana menor. Volé desde Mansfield para la boda. Estoy feliz por ustedes. ¿Qué dijo tu familia? ", preguntó Lucille con una sonrisa.

"Le conté a mi tía hoy y ella está extasiada".

"¿Que hay de tus padres?"

El rostro de Doug cambió de alegría a una expresión sombría. "Fallecieron hace mucho tiempo".

"Lamento escuchar eso. Estoy segura de que se alegrarían por ustedes si estuvieran aquí. Ann le dio un codazo a su hermana, pero Lucille ignoró el empujón, apartando a Ann para continuar con su inquisición. "¿Entonces, a que te dedicas?"

"Trabajo para un bufete de abogados en Atlanta".

"¿Un abogado? ¡Que bueno!, "sonrió Lucille. Al menos sabía que su sobrina estaría en buenas manos. No quería entrometerse más, había terminado su interrogatorio de todos modos, y se levantó para irse. "Fue un placer conocerte, Doug. ¿Te veré mañana en la cena de ensayo de la boda? Lucille abrazó a Doug y a su sobrina.

Lisa y Doug se levantaron para salir de la habitación junto a Lucille, sabiendo que ya se estaba haciendo tarde y que estarían ocupados mañana.

"Tenemos que irnos también". Tengo el día libre mañana así que llámame cuando quieras que pase, " le dijo Lisa a su mamá.

El viaje fue un feliz silencio ya que ambos estaban interiorizando el anuncio de su compromiso.

Ella tomó su mano para compartir la conexión de su alma.

Doug miró por encima del cónsul central y sonrió mientras entraba el auto al garaje, pensando que aún no estaba demasiado cansado y que le apetecía divertirse un poco más antes de que terminara la noche.

Capítulo 3

Era temprano en la madrugada del viernes cuando Doug se levantó de la cama, agarró su equipo de entrenamiento y bajó las escaleras para comenzar su rutina. Nunca había pensado demasiado en convertirse en marido y ahora reflexionó sobre qué significaba exactamente el matrimonio.

¿Todavía tendría la libertad que estaba acostumbrado a tener?

¿Podría aún salir con sus amigos?

¿Qué otros cambios se avecinaban?

***

Lisa sintió la frialdad de las sábanas cuando se despertó en la habitación principal de Doug. Faltaba su flamante prometido del que había intentado noenamorarse durante semanas.

¿Qué le hizo decir que sí tan repentinamente a un hombre al cual apenas conocía y del cual, sin embargo, sabía todas las cosas importantes? Tenía sus temas de interés, su carrera, familia y amigos. Tenía un sentido del humor sarcástico que encajaba bien con su naturaleza corajuda.

Cuando Doug tomó los dedos de su mano izquierda en el medio de la iglesia, estuvo tan sobresaltada al sentir la presión del frío anillo de metal deslizándose hacia el centro de su mano. Se había quedado inmóvil con sus pensamientos tan nublados que las palabras se formaron en sus labios pero no pudieron escapar de su boca en ese momento. Ese irresistible acento sureño debilitó cualquier resistencia que tenía para alejarlo. Sí, fue todo lo que ella pudo responder.

Miró la hora del despertador sintiendo pavor por salir de la cama. Sabía que no tenía una muda de ropa en la casa de Doug y que tendría que ir a ayudar a su hermana con el casamiento.

**

Doug todavía estaba en la cinta con su corazón palpitando, auriculares puestos, escuchando una estación de pop cuando ella apareció con su camisa blanca abotonada. La parte inferior de su bikinide estampado tigresa dejaba ver sus piernas de color marrón cacao. Él recordó su cuerpo bien formado de Miami. Casi perdió la cuenta y tropezó tratando de apagar la cinta.

Lisa se rió. "No quise hacerte perder tu lugar, letrado".

Doug sonrió y sus ojos brillaron de alegría. "Creo que si quisiste".

"Tal vez", dijo ella juguetona, devolviendole la sonrisa.

Doug se quitó su musculosa empapada en sudor y la tiró a un lado. Se bajó de la cinta y agarró la mano de Lisa, atrayéndola para poder susurrarle al oído: "Me dirijo a la ducha, únete a mí".

Lisa lo acercó más para darle un beso profundo. Frotó su cuerpo resbaladizo y sudoroso y estuvo de acuerdo con su necesidad de ducharse. "Carrera por las escaleras"

Con eso, ella partió y Doug le siguió el rastro.

Ella llegó primera al baño.

"Las damas primero", Lisa alcanzó la roseta y estableció la temperatura. A medida que el vapor subía en el baño, se sostenían y se acariciaban, quitándose el resto de la ropa.

Doug fue el primero en entrar a la ducha arrastrando a Lisa con él. "¡Maldición, mujer, te gusta el agua caliente!" Rápidamente bajó el agua mientras Lisa se reía.

"¿Un poco demasiado caliente para que puedas manejarlo?", preguntó, presionando sus suaves senos contra el húmedo y peludo pecho de Doug. Ella lo acercó más y le pasó la lengua por la garganta, su mano libre buscando otras aventuras en su cintura.

Doug siguió su ejemplo, acariciando a Lisa entre sus muslos, lo que la hizo gemir ligeramente. Su mano izquierda la tomó por detrás y sus piernas se separaron, permitiéndole sentir por dentro su pote de miel. Los gemidos de Lisa se volvieron más frecuentes y más fuertes mientras Doug jugueteaba dentro de sus paredes femeninas.

El miembro de Doug se puso firme mientras él la giraba hacia la pared. Levantó sus manos sobre su cabeza y ella se apoyó contra sus brazos, permitiendo que el tomara el control mientras acariciaba sus senos, bajaba por su vientre tonificado, ahuecaba sus nalgas para bordear sus caderas, preparando su entrada en su apretada vaina desde atrás .

Ella gimió cuando él la presionó.

Él mordió su cuello para cortar su sonido de respuesta.

Con las manos de Lisa firmemente apoyadas contra la pared de la ducha, ella empujó sus caderas hacia atrás para recibir a Doug por completo. Ambos se mecieron en un movimiento rítmico disfrutando de la conexión de la unidad que compartían. El baño estaba lleno de vapor y las gotas de agua continuaban golpeando sus cuerpos mientras disfrutaban el placer del otro.

Lisa alcanzó el pico primero, Doug la siguió.

Él dejó escapar un fuerte gemido. "Ahí voy, Lisa"

Ambos corazones estaban latiendo rápidamente. Lisa se dio vuelta y Doug se apegó a su cola mientras la estrechaba en sus brazos una vez más. Se miraron el uno al otro mientras jadeaban por aire. Ambos se quedaron allí, saboreando los besos que compartían.

Doug dijo: "Cancelaré el trabajo".

Lisa miró a los ojos azules de Doug y observó el agua fluir desde su frente hacia abajo a través de las sombras de la barba y el bigote que apenas se insinuaban.

"Me gusta tu aspecto salvaje. Te hace más vistoso".

"Entonces la dejaré crecer."

"No puedo esperar para sentirla."

Doug se rió .

"Odio ser aguafiestas, pero tengo que ayudar a mi hermana con la boda, así que no puedo quedarme mucho tiempo".

"Ok, terminemos entonces. Estoy seguro de que tienes mucho que hacer".

Capítulo 4

Lisa pasó por el departamento de su hermana temprano por la mañana antes de ir a la casa de su tía. Llamó a la puerta y Terri la atendió, todavía en pijamas.

"Entra hermanita. Me enteré de que tienes noticias." Abrazó a Lisa con fuerza y la llevó al interior del departamento.

"Doug y yo nos casaremos. ¿Quien te lo contó?"

"Me lo dijo mamá. ¡Es increíble! Sabía que estabas enamorada de él. Dime cómo fue que te lo propuso. ¡Quiero todos los detalles! "

Lisa le relató a su hermana todos los eventos de la noche anterior. Los ojos de su hermana se ensancharon ante la historia.

Terri levantó una mano parando la historia de Lisa. "Espera, detente. Esto es demasiado bueno para apresurarlo y tengo mucho que hacer hoy para llegar con todas las cosas buenas ... pero- "

Lisa gimió. Ya había planeado acompañar a Terri a sus eventos, pero tenía que comportarse como hermana asique trató de quejarse de todos modos. Incapaz de mantener la charada se rió del movimiento de las cejas de su hermana. Abofeteó a su hermana juguetonamente, "No vuelvas a hacer eso nunca más".

Terri movió sus cejas otra vez y luego se detuvo para suplicar a Lisa. "Ven conmigo. Tengo que arreglarme el pelo y las uñas y tú también puedes hacerlo y contarme el resto".

Lisa volvió a reirse, apretando la mano de Terri antes de levantarse. Ya se le había hecho tarde. "No puedo. Tengo que ayudar a la tía Olivia con la cena de recepción. Sabes que tenemos una gran familia".

"Stacy y Maya estarán allí y la tía O conoce a mucha gente. Ella no te extrañará. Además, "Terri apoyó las manos sobre sus caderas adoptando una actitud altanera, "Soy la novia. Tenés que atenderme".

Lisa se rió. "Llámame cuando te estés haciendo la manicura y quizás pueda pasar".

Lisa se fue y llegó a la casa de su tía.

Estaba muy entusiasmada con su compromiso y sabía que los chimentos de la familia ya se estaban gestando. No quería alejarse en el día de la boda de su hermana, pero tenía sus propias buenas noticias que quería compartir.

Maya abrió la puerta antes de que Lisa pudiera tocar. Le dio un gran abrazo de oso. "Escuché que te comprometiste. ¡Felicitaciones!"

"Gracias." Lisa sabía que su familia difundía los chimentos más rápido que un incendio forestal. Llevó las compras a la cocina y dejó sus cosas, se lavó las manos y se dirigió a la mesa para ayudar a cortar las zanahorias.

Su tía y Stacy la saludaron con cálidas sonrisas.

"Escuché las noticias. Felicidades." dijo Stacy mientras abrazaba a Lisa.

La tía Olivia continuó mezclando la masa para los muffins que estaba preparando para la recepción. Lisa se acercó y la besó en la mejilla. La tía Olivia se inclinó para recibir la muestra de afecto y la miró con desaprobación. Lisa sonrió. Estaba preparada para la batalla.

"¿Un chico blanco? ¿Qué vas a hacer si te llama mono en la cara? No tengo dinero para tu fianza".

Las primas sonrieron compadeciéndola y se alejaron. No querían ser parte de esta discusión.

"No va a suceder. No tendrás que preocuparte por el dinero de la fianza. Él no es así".

"Todos ellos son así. Si él no es así, ¿dónde se ha estado escondiendo? Hombre blanco del sur Todos son así. Eso es todo lo que saben". Olivia negó con la cabeza y continuó haciendo su pan de maíz. "Lisa, llevas tan poco tiempo conociendo a este hombre. ¿Has pensado en eso? ¿Él sabe lo que está haciendo? Olivia se cruzó de brazos con el ceño fruncido.

A Lisa se le enseñó a respetar a sus mayores y esto se estaba convirtiendo en un desafío. Su tía O era una de las que siempre hablaba abiertamente de sus opiniones, sin importarle si tenía o no razón. Lisa no iba a luchar contra su tía, pero tampoco iba a dejarse intimidar por ella.

"Tía, vamos a estar mucho tiempo comprometidos. Tendremos ocasión para discutirlo todo, inclusive los asuntos raciales".

"Bueno, siempre fuiste de las hacen lo que se le da en gana. No dejes que ese hombre blanco te maneje. Sabes que no me gusta eso".

Lisa asintió en reconocimiento a la declaración de su tía. Su tía tenía una historia personal con los hombres blancos y no se desvivía de amor por ellos. Olivia sufrió durante la era de Jim Crow y fue activista en contra de los deseos de su madre. Todavía tenía cicatrices emocionales y físicas por participar en las marchas de protesta en los años sesenta.

"Lo sé tía, no dejaré que Doug me haga eso. Todo es diferente ahora. No es lo mismo a cuando tú y mamá crecieron".

"Es lo mismo. Saca tu cabeza de la arena y lee los diarios. El KKK todavía marcha, hombres y mujeres negros siguen siendo asesinados por la policía sin motivo alguno. Sigue siendo lo mismo Encubierto contra manifiesto. Vigílalo."

Lisa sabía que no le ganaría la discusión a su tía. Quería desesperadamente decirle que no se metiera, pero esa no era una buena política familiar.

Stacy dijo: "Tengo que ver el anillo".

Lisa levantó su mano para mostrarle a todos su anillo.

Su tía Olivia no quedó impresionada. "Eso es terriblemente pequeño".

Lisa no pudo contener la amargura de su voz mientras respondía al comentario de su tía. "Es el anillo de su abuela".

"¿No pudo comprarte su propio anillo?" resopló Olivia.

"Es tan romántico, tía O", dijo Maya. "¿No te habría gustado tener el anillo de tu abuela?"

"Supongo que sí, pero va a ser un problema casarse con ese chico blanco. Sé que a su familia no le gusta el asunto. ¿Que pasó con el? ¿Se ha quedado Atlanta sin mujeres blancas hoy en día? ¿Tiene fiebre de la jungla o algo así? Olivia se rió de su propia broma.

"Mamá!" gritó Stacy "¿No puedes estar simplemente feliz por Lisa?"

"Lo estoy. No puedo esperar a conocerlo. ¿Lo traerás a la boda?

"Sí y déjalo en paz".

Continuó ayudando a preparar la comida por un rato luego se excusó para irse, alegando que Terri la necesitaba, lo cual era básicamente cierto. Además, ella podría prescindir de enrollarse. Quería ser feliz con la nueva etapa de su relación.

**

Esa mañana, cuando Lisa se fue a ayudar a su tía, Doug le había dicho que la encontraría para un almuerzo tardío. De repente se dio cuenta de que la única persona entre su familia y amigos que sabía acerca de su compromiso era su tía Mona. Eran aproximadamente las 9:00 a.m. cuando llamó a su amigo Greg a la oficina.

"¿Qué hay de nuevo, Doug? ¿Salimos esta noche? No tuve noticias tuyas en un minuto".

"Me comprometí con Lisa anoche".

Greg gritó al teléfono, "¡Fuera de aquí! ¡Estás mintiendo! Felicitaciones, hombre. Era solo cuestión de tiempo. ¿Qué dijo su familia?

"Se lo tomaron a bien".

"¿Qué te hizo hacerlo? Si alguna vez me comprometo, mi madre hará una fiesta. Ya me está presionando para tener nietos." Greg se rió entre dientes con su declaración.

"Solo era cuestión de tiempo. Realmente la extrañé esta semana. Tomemos algo pronto. Este será un fin de semana ocupado".

"Ahora que estás comprometido, ¿te dejará salir?" preguntó Greg bromeando.

"De verdad espero que sí o no estaré comprometido por mucho tiempo ", dijo Doug enfáticamente. "Aun necesito mi libertad, al igual que ella la suya".

"Lo entiendo, hombre ... mierda. Mira Doug, tengo que irme. Tengo una reunión en quince minutos. Te hablaré la semana que viene. Felicitaciones de nuevo."

"Gracias, Greg. Hablaremos luego."

Doug colgó y decidió llamar a algunos familiares y amigos más para darles la noticia. También llamó a Lisa y acordaron dónde reunirse para el almuerzo tardío. Escogieron un lugar cercano que vendía sándwiches porque entre ayudar en la cocina y juntarse con Terri para la manicura Lisa no tenía mucho tiempo.

***

Marietta Diner era uno de los mejores restaurantes de la ciudad. Doug conocía al dueño y no tuvo problemas para conseguir una mesa. Después de que le dijeron su orden a la camarera, Lisa se inclinó sobre la mesa para sostener la mano de Doug. Pudo sentir la delicada fuerza cuando esas manos entrecerraron las suyas. Ella miró los detalles de sus uñas y la pálida sombra de su piel contra su tez oscura. Lo miró a los ojos. "Doug, todavía no puedo creer que nos comprometimos anoche. Todavía tenemos mucho que aprender el uno sobre el otro. Todavía valoro mi libertad".

Doug sonrió mientras soltaba su mano para agarrar la servilleta de la mesa y limpiarse la boca antes de hablar. "De hecho hoy estuve pensando en eso. Podemos trabajar la parte de libertad".

"Estoy segura de que podemos, Doug. Aún tengo prácticas de fútbol, salidas nocturnas con mis amigas, eventos sociales ... Pero también tenemos que hacernos tiempo el uno para el otro".

"Lo haremos. No te preocupes, Lisa, funcionará. No exageremos. La razón por la que funcionará es porque tenemos actividades separadas".

Lisa frunció el ceño, "Eso no me tranquiliza, Doug. Suena a que nos cruzaremos por la noche. No es así el matrimonio".

Doug se dio cuenta de la infelicidad de Lisa e intentó suavizar las cosas. "No, Lisa, no estoy abogando por vidas separadas. Algunos de los divorcios que he visto se deben a que la pareja no tenía actividades separadas. Tendremos muchas actividades juntos".

"Ok, creo que entiendo lo que estás diciendo. La esposa se queja de que su esposo llega a casa y se sienta en el sofá. El esposo se queja de que su esposa está demasiado ocupada, como en mi caso, tengo padres futboleros que siempre corren a la cancha y no tienen tiempo para estar juntos".

"Lisa, sé que el fútbol es importante para vos. Iré a algunos de tus juegos o prácticas cuando nos quede bien a ambos. Al igual que el tiempo de lectura en la biblioteca y mis actividades sociales son importantes para mí. No espero que participes en todas mis actividades, pero tampoco las abandonaré".

Lisa asintió a su meditada respuesta. Iban a ser una pareja, pero una pareja muy ocupada con sus propios intereses personales. Tendrían mucho tiempo durante el compromiso para ver cómo funcionaría todo.

Capítulo 5

Doug le dio un beso a Lisa y la acompañó hasta su auto, saludándola con la mano mientras ella partía para ayudar a su hermana. El regresó a casa para hacer algunas llamadas de trabajo. La cena de ensayo sería a las 6:00 p.m. y se encontraría con Lisa allí más tarde. Se sentó en el sofá, recogió el Wall Street Journal y se rió entre dientes. El diario le hacía recordar, cada vez que lo leía, aquel vuelo desde Miami en el cual Lisa apareció junto a él en el asiento contiguo. Se instaló para leer algunas historias sobre el mercado.

Un poco más tarde se quedó dormido despertándose a primera hora de la tarde. No se había dado cuenta de lo cansado que lo tenían los eventos de la noche anterior e incluso de la semana pasada. Miró su reloj y se dio cuenta de que el tiempo se le había pasado.

"¡Oh, mierda! Dormí demás y tengo que apresurarme para estar listo."

Doug llegó al estacionamiento de la iglesia en el momento en el que comenzaba la celebración. Se deslizó silenciosamente por el costado de la iglesia acomodándose en uno de los bancos de atrás. Miró hacia el pasillo y allí estaba ella, parada entre las otras damas de honor, vestida con ropa informal. Él la saludó, atrapando su mirada y ella sonrió y le guiñó un ojo reconociendo su presencia.

Doug siempre supo que si alguna vez se casaba, querría una gran boda. Sus padres ya no estaban, pero tenía muchos amigos y familiares a los que les encantaría verlo feliz. Él solo se casaría una vez. Lisa era su verdadero amor y quería que el mundo los viera juntos..

***

Cuando Lisa vio a Doug entrar en la iglesia, se imaginó cómo sería casarse con Doug en una playa en medio de una isla tropical. Ella podría usar un vestido de verano y él podría usar pantalones color caqui, sandalias y una liviana camisa de algodón. El sol blanquearía sus rizos dorados y el viento sería lo suficientemente rápido como para refrescar sus cuerpos acalorados. Podrían pasar la noche cenando y bailando en la playa como si estuvieran en Miami, pero durante más tiempo.

Su hermana interrumpió sus pensamientos. "Lisa, ¿le dijiste a la tía O que quería una lata de su dulce especial para llevar conmigo a mi Luna de Miel?"

"Si, le dije. La tengo en el auto. Correré a traerla". Lisa partió a toda prisa hacia su auto a traer la lata especial para su hermana. Las dos intercambiaron algunas palabras y Lisa volvió a pararse frente a la iglesia con las damas de honor. En otros quince minutos se acabó el ensayo y todos bajaron al salón de clases donde se estaba sirviendo comida estilo bufete. Lisa esperó a que todos se fueran antes de sentarse al lado de Doug. "¿Tienes hambre?"

"Seguro."

Ella sonrió y le dio un besito en la mejilla. "Vayamos a comer."

***

Doug y Lisa entraron al salón y tomaron sus platos. La comida venía de un restaurante local de comida soul. Después de elegir, se sentaron en la única mesa que tenía algunos asientos disponibles. Doug se acomodó junto a un hombre afroamericano que tenía rizos negros y la mirada clavada en su comida. Levantó la vista cuando Doug tomó asiento.

"Soy Doug Bader, el prometido de Lisa".

"Soy Carter Glass." Extendió su mano estrechando en forma cálida y amistosa. Doug apretó con firmeza.

"¿Eres pariente de Lisa?"

Carter sonrió, "No, soy amigo de Terri y Ricky. Felicitaciones por tu compromiso, por cierto. ¿Ya fijaron la fecha?

Doug se rió, "No, nos comprometimos anoche".

Carter dijo en un tono serio. "Es bueno que hayas hecho tu jugada". Yo me moví demasiado tarde y la perdí. Si ella es la indicada, asegúrate de mantenerla feliz".

Doug reflexionó detenidamente sobre cada una de las palabras del imponente consejo de Carter. "No podría estar más de acuerdo contigo, Carter." Por debajo de la mesa, alcanzó y tomó la mano de Lisa.

Ella detuvo su conversación, se volvió y le sonrió. Doug miró a los ojos marrones oscuros de Lisa y sintió una cálida oleada de emociones que recorrían la punta de sus dedos a través de todo su cuerpo. Lisa era suya y no permitiría que nadie se interpusiera entre ellos.

La cercanía natural de Doug a Lisa fue repentinamente interrumpida por un llamado de la naturaleza. Se disculpó y fue en busca del baño. Después, se paró afuera de la iglesia para recibir una llamada cuando escuchó gritos furiosos procedentes de un automóvil con las ventanas abiertas. Eran Terri y su prometido.

"¿Por qué diablos vas a tener una despedida de solteros esta noche? Tú y yo tenemos a toda la familia aquí y un gran día mañana. ¿Estás tratando de arruinarlo a propósito?

"Diablos, Terri. Tony acaba de llegar y no lo he visto ni un minuto. No nos quedaremos afuera por mucho tiempo".

"Arruinarás las imágenes con tu salida y ojos ensangrentados. ¿A dónde irás? Un club de stripers".

Ricky estaba irritado y miró por el parabrisas y vio que Doug no estaba muy lejos. Salió del auto y volvió su enojo hacia él.

"¿Qué diablos estás escuchando, galleta?"

Doug no respondió. Apretó la mandíbula, alzó los hombros y miró a Ricky directamente a los ojos.

Terri observó a los dos hombres, salió del auto y se enfrentó a Ricky. "No cambies de tema. Doug no tiene nada que ver con esto. Déjalo fuera. " Se volvió hacia Doug. "Solo vete. Este no es asunto tuyo".

"¿Estás segura, Terri?" Doug no apartó la vista del enojado hombre negro.

"Dije que te fueras, Doug."

Él asintió con la cabeza y caminó de regreso a la iglesia tratando de controlar su temperamento que estaba a punto de estallar. Regresó a la mesa y se sentó al lado de Lisa.

"Que ocurre, Doug?"

Doug se tomó un momento para recomponerse. Levantó la mano de Lisa y la sostuvo firmemente en su regazo. Inspiró profundamente y respondió. "No es nada, Lisa".

Justo cuando él respondió, la pareja que peleaba regresó del estacionamiento. Terri parecía estresada y Ricky lleno de ira. Ricky miró a Doug y Doug le devolvió la mirada. Doug apretó con más fuerza la mano de Lisa y la besó suavemente detrás de la oreja.

"Tengo algunas cosas que resolver. Te veré en casa más tarde".

"Que" dijo Lisa, "pensé que te tenía para mí sola toda la tarde". Doug suspiró y se relajó con su declaración.

"Me tenés. Vení conmigo".

"¡Doug! Sabes que tengo mucho que hacer". Mientras Lisa lo afirmaba, repensó su respuesta anterior. "Estaré en casa dentro de una hora".

Doug volvió a besarla en la mejilla y abandonó la iglesia sigilosamente.

Capítulo 6

Lisa se despertó a la mañana siguiente con su Adonis color rubio arena junto a ella. Todavía estaba dormido con una sonrisa pacífica en su rostro. Con sus dedos ella recorrió con suavidad su brazo desde la muñeca hasta los hombros. Los finos y rizados vellos de sus brazos volvían a su posición tras cada pasada de su mano.

Ella se acurrucó más apretando sus senos contra su espalda. Acarició su cuerpo trabajado y su pecho peludo. El pelo en el pecho era muy sexy, pensó sonriendo para sí misma. Especialmente en Doug. Lindo paquete. Si este era el hombre con el que se despertaría todas las mañanas por el resto de su vida, entonces "sí" era la respuesta correcta.

Doug solía ser madrugador. Esta mañana quería pasar tiempo con Lisa. Despertar con ella a su lado era un imprevisto, pero no obstante gratificante resultado de un breve cortejo que parecía estar diseñado por el destino mismo.

Su compromiso con Lisa estaba bien presente en sus pensamientos. No había previsto la respuesta antagónica de Ricky, ni las miradas burlonas, los susurros a su espalda ni las descaradas preguntas de las que fue el blanco. Nunca creyó que el color fuera un problema entre ellos, pero no sabía que podría ser un problema para los demás.

Al salir de su meditación, sintió que Lisa estaba explorando sus joyas familiares. Estaba completamente despierto.

"¿Desayuno en la cama?", bromeó.

Lisa se rió: "Pensé que nunca lo preguntarías".

Durante la siguiente hora jugaron en un plano de intimidad. Los cuidados, las preocupaciones e inquietudes desaparecieron. Su pasión alcanzó su punto máximo y ambos estaban una vez más en los brazos uno del otro. Doug rompió el momento de paz y tranquilidad. "Quiero que te mudes el próximo fin de semana".

Lisa estaba azorada. Sintió la sinceridad en su declaración. Se habían comprometido hacía un par de días y ella no había vuelto a pensar en ello. Sabía que tomaría un tiempo llegar a conocerse mejor, pero mudarse ahora sería muy diferente a un acuerdo temporal. Ella estaría aquí de por vida.

"Eso es muy pronto Doug. Ya lo intentamos antes".

"Y todavía no obtuve mi semana completa. Las vacaciones se acercan. Quiero que estés aquí conmigo antes de que empiecen".

"Bueno, abogado, no pierdes tu tiempo. Dime, ¿siempre te mueves tan rápido o es por mí?"

Doug se rió. "Es por ti. Normalmente no me muevo para nada o rompo. ¿Cual es tu respuesta?"

"Doug, no me gusta que me presionen".

"No te estoy presionando"

"Sí, Lo Estas" remarcó Lisa.

"Ok, me mudaré a tu casa y podremos quedarnos allí".

"¡Eso es ridículo! Tus cosas no cabrían en mi departamento". Doug sonrió y Lisa supo que había pisado el palito.

"Lo pensaré durante la semana y te daré una respuesta. Primero quiero que pase la boda de mi hermana. Son demasiadas decisiones importantes para tomarlas todas juntas".

***

Más tarde esa mañana Lisa y Doug llegaron a la boda de Terri y Ricky. Doug se sentó en un banco que estaba del lado de la novia junto a la familia. Se dio cuenta de que la mayoría de los afectos tanto del novio como de la novia eran básicamente afroamericanos. En sus actividades diarias él nunca había notado realmente que era parte de una cultura mayoritaria. Nunca reflexionó sobre el tema. ¿Así es como será la vida con Lisa en el futuro? Dos culturas con sus grandes distinciones y diferencias.

Empezó a sonar la música dando inicio a la ceremonia de la boda. Era una mezcla de música de casamiento tradicional y algunas canciones que el nunca había escuchado antes. Miró al otro lado del pasillo y Lisa apareció. Ella era la dama de honor de su hermana y lucía exquisita en su atuendo de encaje y satén rosa. Caminando por el pasillo y siendo parte de esa ceremonia tan sagrada Lisa estaba sorprendentemente hermosa.

Terri avanzó por el pasillo con su padre. Sonreía y brillaba como se suponía que lo haría una bella novia. Era muy diferente a la novia estresada discutiendo con su futuro esposo. Incluso Ricky se mostró feliz cuando vio a Terri acercarse por el pasillo. Quizás esta pareja sobrevivirá a sus dificultades.

**

La recepción de la boda comenzó. Lisa se sentó en la mesa nupcial dejando a Doug sentado al lado de su futuro suegro Dave y Ray, el hermano de Dave. Ray fue muy amigable y estrechó la mano de Doug mientras Dave los presentaba. Comenzaron a conversar y se dieron cuenta de que tenían algunas cosas en común.

La música comenzó a enlentecer. Doug miró a Lisa y ella se excusó de la mesa. Doug extendió su mano para llevarla a la pista de baile. Lentamente la condujo de lado a lado, capturando el ritmo mientras su belleza se mantenía segura y cercana a él. Lisa estaba tan absorta en el baile que momentáneamente se olvidó de que estaba en la recepción nupcial de su hermana.

Lisa le susurró a Doug. "Buenos movimientos, abogado. ¿Cuánto tiempo deseas que nos quedemos?"

"El tiempo que tu desees, Lisa. No tengo prisa"

"El próximo fin de semana estará bien para mi".

Doug detuvo su baile y la miró fijo a los ojos. "Dije que no te presionaría, Lisa".

"Estoy lista, Doug." Lisa presionó sus labios contra la mejilla de Doug y él se volteó para besar con delicadeza sus suaves, suculentos labios. La canción terminó y comenzó una nueva. Para entonces los padres de Lisa y algunas personas más los estaban observando. Lisa no tuvo la intención de desviar la atención de la novia, pero de alguna manera se había ingeniado para hacerlo. La madre de Lisa, Ann, vino a su lado.

"Tenemos que tomar algunas fotos más y luego si tu y Doug quieren irse de aquí pueden hacerlo".

Lisa asintió. Mientras su madre le estaba hablando Doug no apartó de ella su mirada ni por un segundo. Lisa le dio a Doug un rápido beso y siguió a su madre. Doug se acomodó la chaqueta y ajustó su corbata antes de volver a mezclarse con los invitados.

Se le acercó Carter y le extendió la mano, feliz de ver al hombre con el que había hablado en el ensayo por la noche.

"Estás hasta las manos".

Doug dejó que su mirada encontrara a Lisa en la abarrotada habitación. "Si lo estoy."

"Asegúrate de mantenerlo de ese modo y no la pierdas de vista".

Doug asintió con la cabeza, dándole palmadas en el hombro cuando Lisa regresó y ellos se alejaron para despedirse de la pareja de recién casados.

Capítulo 7

Dos semanas más tarde, mientras Doug se preparaba para ir al trabajo, Lisa se demoró en levantarse. Había pasado toda la noche en el baño con malestar estomacal. No quería que Doug se preocupara, así que lo había dejado dormir en paz, ajeno a sus problemas. Llamó a la oficina avisando que no se presentaría ese día y una vez que Doug se marchó volvió a la cama.

"Es mejor que este virus se marche pronto", se dijo a sí misma.

Olvidó su cita de almuerzo con Doug y pronto se quedó profundamente dormida.

***

Doug llegó a la oficina de Lisa y Mona saludó a su sobrino.

"¿Has visto a Lisa esta mañana? Se supone que almorzaríamos juntos".

"Se reportó enferma. ¿No te lo ha dicho?" preguntó Mona.

La cara de Doug se volvió pálida como la ceniza blanca. Pensó en la noche de su compromiso. La conexión entre ellos era más profunda de lo que jamás habría imaginado.

"No. Ella no me dijo nada. Tengo que ir a casa y ver cómo está". Doug dejó a su tía, corrió a la farmacia e hizo su compra. Se apresuró hacia su casa para verla.

"¡Lisa, Lisa!", gritó cuando entró en la casa.

Cuando ella no respondió, se dirigió escaleras arriba a su habitación, preguntándose si todavía estaría dormida y si aún se sentiría mal. La encontró en su cama y la miró por un momento, pasando la mirada por su cuerpo dormido hacia el estómago oculto bajo la colcha.

Se sentó en la cama junto a ella, sacudiendo suavemente su brazo para despertarla.

Sobresaltada, ella lo miró primero a él y luego al reloj. "No sabía que era tan tarde. Lamento haberme perdido nuestro almuerzo. Debería haberte dicho que no me sentía bien".

Doug recorrió a Lisa con la mirada. Oh si. Era cierto.

"Teníamos una cita para almorzar y cuando no te encontré en la oficina, volví a casa para ver si estabas bien".

Lisa se sentó y se frotó los ojos. Estaba completamente despierta "Creo que tengo un virus. No quería preocuparte. Estuve despierta toda la noche con eso".

Doug se inclinó y la besó en la frente aún sujetando con fuerza el paquete en su mano. "Lisa, tenés más que un virus".

Doug le entregó a Lisa el paquete de la farmacia. Ella vació su contenido y se sorprendió con lo que encontró. "¡Un test de embarazo!", exclamó. "¿Es en serio?"

"Oh si. Estás embarazada."

"¿Pero.., cómo? ¿Cuando?"

"La noche en que nos comprometimos".

"¿Qué?"

"Lisa – Yo, nosotros no usamos ninguna protección ni tomamos precauciones. Solo hacé el test, ¿de acuerdo?" La cara de Doug era sombría mientras la miraba a los ojos.

"Doug—"

"Por favor", su expresión se suavizó. "Por favor, solo haz el test, por mí".

Lisa vaciló pero no pudo negar la mirada en los ojos de Doug. "Bueno."

Lisa entró al baño, sus pensamientos corrían rápidamente por su cabeza.

Sí, estaba atrasada.

No, no se estaba cuidando.

Tal vez, Doug podía tener razón.

Mierda.

Vaciló antes de avanzar hacia el inodoro. ¿Cómo se hacían esos tests de todos modos? ¿Podría ser más incómodo?

"¿Cómo va eso?"

"Bien, Doug."

Ella respiró hondo, leyó las instrucciones y cerró los ojos con fuerza. No quería ver mientras se hacía el test y esperó el momento para que apareciera el resultado.

Cuando el test comenzó a tornarse rosa, gritó en el baño.

Doug se apresuró hacia la puerta. "Lisa, ¿estás bien?"

Doug abrió la puerta del baño. La mano de Lisa estaba apretando la tirita del test y respiraba rápidamente mientras la miraba con incredulidad. Ella ni siquiera lo miró cuando él se arrodilló a su lado, y le quitó la tirita rosada.

Doug comenzó a sonreír, "Sí, señora, estás embarazada. Parece que tenemos que acelerar la boda".

Lisa no podía creer que iba a ser mamá, y mucho menos que eso traía aparejado el casamiento.

Miró la expresión eufórica de Doug y se preguntó cómo era que él estaba tan emocionado con algo que a ella la aterrorizaba. Se preguntó cómo se habría enterado en primer lugar.

Él la abrazó, la atrajo con fuerza hacia si con una sonrisa feliz que ella no podía devolverle, al menos no aún. "¡Vamos a llevarte de vuelta a la cama!"

Ella se estaba tambaleando.

Hacía dos meses había empezado a trabajar en un nuevo empleo. Entonces conoció a su futuro esposo, y ahora iba a ser madre.

¿Cuánto cambio era posible que soportara en un período tan corto de tiempo?

Lisa se sentó, abrazó a Doug y le susurró al oído. "Te amo."

"Yo también te amo, Lisa".

Doug ayudó a Lisa a recostarse para que descansara un poco, le dijo que saldría al pasillo por un minuto, pero que enseguida regresaría.

Al salir cerró la puerta despacito, se apoyó contra la pesada madera con una sonrisa.

Convertirse en padre confirmó su sospecha de lo que había sucedido durante la noche de su compromiso. No quería asustar a Lisa con su predicción del embarazo. Miró a Lisa esperando que ella estuviera bien con las noticias sobre el embarazo. Doug besó a Lisa en la frente y la dejó descansar. Fue a su estudio y llamó a su tía Mona con las buenas noticias.

"Estudio contable Grant & Company, habla Linda. ¿Cómo puedo ayudarlo?

"Soy Doug Bader. ¿Puedo hablar con mi tía Mona, por favor?

"Espera un momento, déjame ver si está disponible".

Doug esperó en silencio caminando nerviosamente de un lado a otro.

El teléfono hizo clic volviendo de la espera. "Hola Doug".

"Acabo de hablar con Lisa".

"¿Está bien?"

"Sí, señora, ella estará bien. No tiene un virus".

"¿No lo tiene?"

"No señora ... ella tiene náuseas matutinas".

Doug oyó caer el teléfono. No estaba seguro de lo que le había pasado. "Tía Mona, ¿sigues ahí? ¿Está todo bien?"

"Lo siento, esto me tomó por sorpresa. ¿Estás seguro de que está embarazada?

Doug se rió, "Oh, definitivamente. Estuve allí cuando sucedió". Doug se frotó la parte posterior de la cabeza para calmar su excitación. "Trataremos de llevarla mañana al consultorio médico. ¡Parece que vas a ser tía abuela nuevamente!".

Doug conversó con la tía Mona unos minutos más antes de encontrar finalmente el té de manzanilla y poner a hervir la tetera. Colgó el teléfono y rebuscó en la nevera para ver qué podía prepararle a su prometida embarazada. Embarazada. Sacudió la cabeza, todavía experimentando la exaltación por las noticias.

Pensó en las últimas semanas. El destino había determinado que se convertiría en esposo y padre. Con Lisa a su lado, estaba listo para aceptar la responsabilidad.

Doug regresó a la habitación con el té.

Lisa se sentó y bebió el té. Cuando comenzó a digerirlo, empezó a sentirse un poco mejor, y al sentirse mejor vinieron las preguntas que no podía dejar de hacerse. "¿Qué voy a decirles a mis padres?" Acababa de comprometerse. Ella no esperaba convertirse en madre.

"Lo haremos paso a paso, Lisa. Estaré contigo todo el camino".

"Doug, mi vida está cambiando tan rápidamente. Empecé un nuevo trabajo, te conocí, me comprometí y ahora voy a ser madre. ¡Todo esto en las últimas ocho semanas!

Doug se rió de su expresión. La abrazó, moviéndose para poder sentarse junto a ella en la cama y pasando su brazo por detrás de su espalda, acercarla hacia su lado.

"He tenido cambios drásticos yo también. Hace dos meses, era el soltero más codiciado de Atlanta. Luego te conocí, nos comprometimos y ahora voy a ser padre en esas mismas ocho semanas que mencionaste".

Lisa comenzó a reír. "Oh, Dios mío." Era para reír o llorar, y tenía que seguir recordándose que Doug estaba con ella en esto. "Llamemos a mis padres más tarde y veamos si pueden venir. Pensaremos en algo que decirles para entonces".

Capítulo 8

Sonó el timbre y Doug respondió con una sonrisa en su rostro. "Hola Ann. Hola Dave. Bienvenidos a nuestra casa."

Ann le dio a Doug un cálido abrazo y Dave le estrechó la mano. Doug condujo a Ann y Dave al comedor y Lisa salió de la cocina.

"Hola mamá y papá, la cena estará lista pronto".

Ann preguntó: "¿Quieres que ayude con algo?"

"Doug se encargará. Gracias, mamá". Doug siguió a Lisa de vuelta a la cocina y procedió a ayudarla. Lisa se volvió para mirar a Doug. "¿Qué vamos a decirles? ¿Debo dejar caer la noticia de que estoy embarazada o primero hablamos de los planes de la boda?"

"Discutamos los planes primero. Si preguntan por qué tan pronto, entonces podemos decirles ".

"Deberíamos decirles de todos modos".

"Buen punto, Lisa. Te dejaré tomar la iniciativa".

Lisa le dio un beso a Doug y él le mostró su sexy sonrisa infantil. Sabía que esa noche tendrían una conversación difícil con sus padres sobre todo porque todos aún se estaban adaptando a su vertiginoso romance. Doug agarró el más pesado de los platos y siguió a Lisa hacia el comedor.

Lisa se detuvo por un momento mirando a Doug directamente a los ojos. No podía creer lo rápido que se había apegado a un hombre al cual no conocía muy bien. Agarró los rollitos de salchicha que había preparado para un aperitivo y se dirigió hacia sus padres respirando hondo.

***

Ann notó que Doug y Lisa parecían tan nerviosos como la primera noche que Lisa lo había traído.

Lisa giraba su tenedor a través de los espaguetis y nunca los levantaba.

Doug bebió su tercer tónico con vodka. La rápida desaparición del alcohol preocupó a Ann.

Esperaba que Lisa no estuviera comprometida con un alcohólico. Observó a Doug y Lisa mantener una silenciosa conversación, la forma en que sus ojos se encontraban, sus cabezas se sacudían y se apartaban nuevamente. Ann miró a Dave para ver si él podía leer lo que estaba pasando entre los dos.

Rompió el silencio.

"¿Ustedes dos ya han fijado una fecha?"

"Sí señora, a principios de febrero" espetó Doug.

Lisa miró a Doug continuando su conversación silenciosa. Había hablado demasiado pronto. Doug miró a Lisa y se encogió de hombros como si no hubiera nada de malo en su declaración.

"Eso es algo pronto. ¿Planean tener una gran boda o una boda pequeña?", preguntó Dave.

Lisa respondió "Pequeña" y Doug respondió "Grande". Ambos se miraron el uno al otro.

Ann dijo: "No parece que lo hayan discutido demasiado. Si quieren una gran boda, tres meses no son suficientes para planearla. Esas bodas toman casi un año".

Doug espetó de nuevo. "No podemos esperar tanto".

Lisa pateó a Doug por debajo de la mesa.

¿Por qué es eso, Doug?", preguntó Ann. Su curiosidad se vio acrecentada por el repentino interés en apresurar el matrimonio. Podía anticiparse a la próxima respuesta.

"Estoy embarazada mamá. Me acabo de enterar esta mañana ".

Ann y Dave gritaron juntos, "¡Embarazada!"

"¿Hace cuánto pasó esto?", preguntó Ann.

"¿Qué quieres decir con embarazada?" gruñó Dave.

"Pensamos que cuando nos comprometimos", respondió Lisa.

Doug continuó, "Así que queremos tener la boda pronto".

Lisa agregó: "Si es pasado los mediados de febrero, bien podríamos casarnos en el juzgado".

Ann dijo: "Terri y yo planearemos la boda. La tendremos en febrero. Doug, Lisa, nunca he visto nada moverse más rápido que ustedes dos. Pasaron de conocidos a compañeros de cuarto, a novios y luego a padres, todo en las últimas cuatro semanas. Ahora estamos planeando una boda a toda prisa. Ciertamente espero que este matrimonio dure más tiempo que este romance".

Doug intervino. "Lisa y yo podremos manejar esto".

"No", gritó Ann. "A mi hija le están pasando demasiadas cosas y ahora está embarazada."

"Mamá, es nuestra boda y Doug y yo la planearemos".

Dave dijo: "Escucha a tu madre. Hay mucho que hacer en la planificación de una boda. No tienen tiempo para hacerlo ustedes solos".

Lisa reflexionó sobre las palabras de su padre. Sabía que cuidarse a sí misma sería la prioridad número uno. Ella tenía un trabajo de tiempo completo y era entrenadora de un equipo de fútbol. Tal vez no estaría mal si su mamá y su hermana ayudaran.

"Tú y Terri pueden planearlo, pero Doug y yo tomamos todas las decisiones finales".

Lisa sintió la mano de Doug apretar la de ella debajo de la mesa. Echó un vistazo a su expresión evasiva.

"Haremos lo que quiera Lisa", dijo Doug en un tono lacónico. Lisa apretó su mano y Doug tomó aliento y exhaló para liberar algo de tensión.

Dave dirigió su pregunta a Doug. "¿Tienes algo más que decirnos?"

"No sé qué más decir" respondió Doug. "Lisa y yo estábamos reflexionando sobre todos los cambios en las últimas ocho semanas esta mañana".

Dave dobló su servilleta sobre la mesa, echándose hacia atrás en su silla para mirar a su hija y su futuro yerno, "Así que voy a tener a mi primer nieto".

Lisa sonrió, pero la expresión era más tensa que feliz. Todavía no estaba segura de qué hacer con todo lo que le estaba sucediendo. "En unos nueve meses".

Capítulo 9

Era la primera oportunidad en la que Doug pudo agendarle a Lisa una cita con el médico. Llegaron al consultorio el martes temprano por la mañana. El lugar estaba lleno de mujeres en diversas etapas del embarazo. Mientras Lisa y Doug se sentaban en la sala de espera, él le ofreció una revista. A propósito escogió una que mostraba a una mujer en su tercer trimestre. Le dedicó una sonrisa.

"¿Por qué estás sonriendo?", preguntó Lisa.

"¿Estás lista para que seamos padres?", preguntó Doug, todavía sonriendo.

Lisa podía decir que Doug estaba más que listo para formar una familia. Antes de que pudiera hacerle más preguntas, la enfermera anunció su nombre para que volviera a la habitación del paciente y Doug esperó hasta que lo necesitaran.

Mientras estaba en la oficina, ella se había hecho otro test de embarazo y todo fue confirmado. Después de que se completara la cita, el médico de Lisa charló con ella y Doug en su oficina sobre las noticias.

Doug tenía muchas preguntas y usaba numerosos términos médicos.

Lisa pensó que estaban hablando en un idioma extranjero y no podía esperar para salir de la oficina.

Finalmente, la visita terminó.

Mientras se alejaban de la oficina del doctor, Doug no podía contener su emoción. "Hay un programa que deberás seguir en cuanto a la dieta y los ejercicios. Hay una gran cantidad de material sobre el embarazo. Tengo un par de viejos libros de medicina y hay mucha información en Internet".

Lisa no pudo conectarse con su conversación ya que aún se estaba recuperando de las noticias. "Estoy teniendo una sobrecarga de información. Por favor, dame un minuto de respiro".

"De ninguna manera, este es mi bebé. No te preocupes, Planearé esto para ti y lo simplificaré ".

El estómago de Lisa comenzó a gruñir, y no era solo por el hambre. Se estaba molestando con su comportamiento autoritario. Su emoción era demasiada como para que ella pudiera manejarla en aquel preciso momento. ¿Qué iba a hacer con un bebé? Acababa de comenzar su carrera como contadora, se había comprometido y ahora estaba embarazada. Sintió el entusiasmo de Doug cuando la abrazó de nuevo y le dio varios besos. Cada beso alivió sus preocupaciones y finalmente ella se rió. Quizás esto no será tan malo. "Está bien Doug, ¿podemos comer ahora? Tengo hambre."

"Está bien, pero te ayudaré en lo que debes comer". Doug sabía que Lisa no estaba manejando bien el inesperado embarazo. Quería asegurarse de que ella y el bebé estuvieran sanos. La envolvió en sus brazos con la esperanza de que ella se relajara y disfrutara convertirse en madre.

Doug la estaba sofocando con sus emociones. Ella no escuchó nada más de lo que él le dijo, solo se dio cuenta de que se estaba haciendo tarde y tenía cosas que hacer y necesitaba un descanso de su prometido. "¿No tienes que volver al trabajo?"

"Después de que comamos, iré a la oficina a última hora de la tarde".

Ella sonrió y esperó que él se comprara su expresión, esperaba poder sobrevivir durante el almuerzo si el continuaba actuando de esta manera.

Doug eligió un restaurante italiano y organizó que se sentaran en un reservado cerca de la cocina. Fue cortés y tomó su abrigo y Lisa pensó en perdonarlo por su actitud y su naturaleza despótica. Probablemente estaba tan nervioso como ella, y tenía mayores conocimientos sobre el embarazo por el hecho de ser casi un médico y todo eso. Ella podía escucharlo, contentarlo, por un tiempo.

Hablaron de las opciones de menú, pero cuando Doug sugirió una modificación a su selección, Lisa no pudo soportarlo más. "¿Vas a hacer esto durante nueve meses?"

Doug quedó un poco avergonzado. No estaba seguro de cómo responder a su pregunta sin avivar su enojo. Pero sabía de lo que estaba hablando. Conocía de esas cosas. Y aún necesitaba estar en control. "Sí."

"¿Por qué?" Lisa alzó las manos en el aire, se apartó de la mesa como si estuviera pensando en irse.

Doug podía ver el fuego en sus ojos. Se sentó derecha en su silla y le dirigió una mirada glacial.

No quería que Lisa hiciera una escena y quería que comiera. Intentó suavizar las cosas. "Lisa, te amo. Cuando dije que estaba listo para comprometerme contigo, lo dije en serio. Ese compromiso también es para con tu salud, así como para la de nuestro bebé. Quiero que estés conmigo por mucho tiempo".

Lisa no estaba segura de cómo responder a su afirmación. Se contuvo de comenzar una discusión en medio del restaurante digiriendo cada palabra que dijo. Estaba segura de que él la engañó con su ligera respuesta, pero aceptó su expresión de amor. "Yo también te amo, Doug", dijo con una sonrisa enyesada en la cara. Doug no pareció darse cuenta de lo falsa que era.

Le permitió que ordenara por ella de todos modos.

***

Después del almuerzo, Doug dejó a Lisa en su casa y fue a su oficina. Su secretaria, Rebecca, lo saludó con unos pocos mensajes y su calendario de eventos para la tarde revisado.

Doug le dio las gracias y se retiró a su oficina para llamar a su socio Harold a su oficina.

"¿Qué pasa, Doug?"

"¿Puedes encontrarte conmigo y con Greg para tomar algo en Dupree Country Club esta noche?"

"Seguro, ¿por qué?"

"Quiero hablarles sobre mis planes de boda".

Harold se fue de la oficina de Doug, se tomó un momento para llamar a Greg e invitarlo a cenar por la noche.

Lo tres hombres llegaron juntos al restaurante. Pidieron aperitivos y bebidas y comenzaron a hablar sobre el equipo deportivo local. Pero aquel encuentro no era sobre los deportes, y tanto Greg como Harold sabían que la boda de Lisa y Doug era lo más importante en la mente de Doug.

Greg preguntó: "Doug, ¿qué pasa? ¿Me llamaste para venir a hablar sobre los planes de boda? ¿Te vas a casar pronto? Acabas de comprometerte".

"La boda será en febrero".

"¿Por qué? ¿Está ella embarazada?"

Doug le dio a Greg una respuesta silenciosa.

Greg se dio cuenta de que había adivinado la gran noticia. "Oh, demonios, ¡no! ¿Acabas de comprometerte y ya la has dejado embarazada?"

Harold preguntó: "¿Está realmente embarazada?"

Doug se reclinó en su silla y una gran sonrisa comenzó a ensancharse en su rostro. Doug amaba a los niños pequeños y nunca esperó tener uno propio. Aunque el embarazo de Lisa fue inesperado, el momento no podría haber sido mas oportuno y ella era la mujer con quien quería tenerlos. "Definitivamente, sé exactamente cuándo sucedió", dijo Doug en una voz presumida y confiada.

Greg sacudió la cabeza y se rió de la expresión de Doug. Su amigo soltero iba a tener esposa y familia. "No pierdes el tiempo. ¿Entonces te vas a casar en febrero?"

Doug respondió: "Sí, los quiero a los dos en mi boda. Llamé a mi hermano Todd y a mi primo Bruce para que también participen".

Harold dijo: "Sí, señor, no me lo perdería".

Greg agregó, "Yo también estaré allí, e incluso organizaré la despedida de soltero".

Harold codeó a Doug. "Bueno Doug, parece que ya es demasiado tarde para la vasectomía que estabas considerando".

Doug se rió, "Lisa puede tener conmigo tantos hijos como ella quiera".

Greg y Harold se rieron con él. Greg y Doug miraron al otro lado del restaurante y vieron a una mujer que ambos conocían. Katie era una compañera de trabajo de Greg y una vieja llama de Doug.

"Hola caballeros. ¿Qué hay de nuevo? " dijo Katie.

Doug todavía se estaba riendo cuando Katie se acercó a la mesa. Él había disfrutado de sus citas ocasionales, pero ella presentaba demasiadas exigencias como para seguirle el ritmo. Necesitaba un hombre con mucho dinero y él no estaba dispuesto a ser su banquero. Ella siempre se veía bien en su brazo para asuntos sociales o de negocios.

Doug le dio a Katie las noticias sobre su compromiso. Ella estaba parada en ese momento y Greg le indicó que tomara asiento en el asiento libre de la mesa. Katie hizo algunas preguntas y Doug estuvo feliz de responderlas. Unos minutos más tarde, Katie se excusó de la mesa. Le dijo al grupo que tenía asuntos personales que atender y que los vería en otro momento.

Greg la miró partir. "Esa es otra que está furiosa porque te vas a casar". ¿Sabes cuántas mujeres VAN A ESTAR molestas por esto?"

"Solo me importa si Lisa está molesta. No quiero ni necesito a las demás".

"Estás en esto hasta las manos Doug. Te aseguro que estoy muy feliz por ti, pero ¿cómo vas a manejar todos los problemas de una pareja de razas mixtas?", preguntó Greg.

Doug miró a Greg con curiosidad por su pregunta. No se había puesto a pensar acerca de una relación interracial. Lisa era todo lo que siempre había deseado en una mujer. Ella aceptó su peculiar personalidad y se adaptó a ella. Cuanto más tiempo pasaban juntos, más estaba seguro de que estaban destinados a estar juntos. Tener conversaciones profundas sobre la raza no era un tema importante. Pero tal vez debería serlo. "Lisa y yo no hemos hablado del tema".

Greg estaba asombrado. "¿No lo han hecho? Te vas a casar con ella. Estás teniendo hijos con ella. ¿Y no han hablado sobre ser una pareja de razas mixtas? ¡Tienen que conversarlo! No desaparecerá por si solo".

Harold agregó, "Greg tiene razón. Han habido algunos comentarios desagradables en la oficina que nadie se atrevería a decir en tu cara. Hay personas que no aceptan ni aceptarán nada de esto".

Doug pasó su mirada de un hombre a otro, con preocupación en su rostro. ¿Tenían razón? "El tema aún no surgió. Creo que si Lisa y yo nos hubiéramos conocido en circunstancias normales, hubiéramos discutido esto por adelantado. Ya tendremos nuestra oportunidad para hablarlo".

Harold dijo: "No quiero que tu o Lisa sean lastimados por estos comentarios. Estas personas tienen mentes muy estrechas. Ambos deben tener una postura sólida al respecto. Otros tratarán de romper su matrimonio incluso antes de que comience".

Greg agregó: "No solo es por los blancos sino también por los negros. Los *brothers* la molestarán por no encontrar a un hombre negro. Las *sisters* no le recriminarán tanto. Todo lo que Harold y yo estamos diciendo es que tengas cuidado y sepas en qué posición te encuentras respecto al tema".

Doug pensó en el consejo que le dieron Harold y Greg. Sabía que él y Lisa tendrían que tener una conversación difícil.

Capítulo 10

Lisa y Doug viajaron en auto al trabajo en una lluviosa mañana de miércoles. Lisa extrañaba su tiempo a solas en el auto, escuchando sus propios pensamientos, pero al mismo tiempo disfrutaba de su tiempo junto a Doug y del descanso durante el trayecto. Puso la música de R&B y él comenzó a cantar una de las canciones que sonaban en la radio. Ella no pudo evitar reírse ya que el estaba un poco fuera de tono.

Doug le echó una mirada y dijo: "Agendé una cita para que vayamos al negocio de fotografía de Aradia para tomar nuestra foto de anuncio de compromiso. Aradia fue una buena amiga de mi padre".

"No había pensado en eso Doug. Supongo que deberíamos hacer un anuncio en el periódico. No quiero que tu teléfono empiece a sonar de nuevo". Ella rió al pensar en su primera cita informal cuando Doug trataba desesperadamente de llamar a mujeres que estaban demasiado ocupadas para él.

Doug sonrió y le guiñó el ojo a Lisa. "Ahora puedes quitar la maldición de mi teléfono".

"De ninguna manera. No me voy a arriesgar. También estoy embarazada. Puede ser que compre mi propia pistola para que la lleves contigo. Nunca pensé quedarme embarazada antes de cumplir los treinta. No iba a tener hijos tan rápido".

"Demasiado tarde, Lisa. Estábamos destinados a estar juntos, nosotros tres".

"Lisa sonrió y suspiró. "Sí, lo sé."

Lisa llegó al trabajo y se instaló en su oficina. Después de hacer algunas llamadas telefónicas, quiso ver si Mona estaba disponible para almorzar.

Mona cerró la puerta. "Estoy tan emocionado de que tú y Doug estén esperando un bebé" La cara de Mona estaba radiante de orgullo.

"Mona, todavía estoy en estado de shock. Todo sucedido tan rápido. Todavía recuerdo haber caminado hacia tu oficina en mi primer día en Grant & Company".

"A veces para que las cosas sucedan deben pasar rápidamente. Este bebé estaba destinado a estar aquí, sin importar el medio por el cual llegara. El bebé requirió que ustedes dos lo crearan".

Lisa le sonrió a Mona. Mona creía firmemente en el destino. "Gracias, Mona. Estamos planeando la boda para febrero. Mi madre y mi hermana están ayudando con eso. Teniendo en cuenta el embarazo no quieren que me estrese. Doug y yo te daremos todos los detalles a medida que los vayamos teniendo".

"Avisame si hay algo en que pueda ayudar".

"Lo haré".

"Gracias, Lisa. Espero con ansias todas tus buenas noticias".

***

Doug estaba en su oficina trabajando en una petición previa al juicio. Al levantar la vista notó a Mark Steward en su puerta. Mark entró y se sentó frente a Doug con una mirada sombría en su rostro.

"George Stevens solicitó que otro abogado maneje su caso".

Doug miró a Mark. Estaba confundido por su declaración. Se llevaba muy bien con sus clientes y no podía imaginar por qué George solicitaría otro abogado. "¿Dijo por qué?"

"Está teniendo problemas con tu vida personal".

"¿Qué? ¿Qué tiene que ver mi vida personal con nada?". Doug se reclinó en su silla, confundido con todo el asunto.

"Tiene problemas con tu compromiso con Lisa. Es uno de esos intolerantes racistas que generó el dinero de tiempos antaños", dijo Mark.

"¿Esto es por mi relación con Lisa? Eso es una mierda, Mark, ¡y lo sabes!"

"Lo es, pero, mira, Doug, tu vida personal no es asunto de esta firma. Whitman Stacks como empleador ofrece igualdad de oportunidades. Eso incluye a los cónyuges o futuros cónyuges de los empleados. Pero eso no significa que no vamos a enfrentar algunas consecuencias debido a tus elecciones. A lo que me refiero es a que también anticipamos nuevos clientes gracias a ellas." Mark se inclinó hacia adelante en su silla. "Solo quería que supieras esto personalmente, y no que te llegara en forma de chisme".

Doug observó en la expresión de su compañero de trabajo una mezcla de aburrida indiferencia y prejuicio. Tal vez George no era el único que no estaba de acuerdo con las elecciones de Doug, pero Mark tenía que jugar limpio ya que trabajaban juntos. Apretó los dientes mientras respondía cortésmente. "Aprecio tu profesionalismo en este asunto".

Mark se levantó, dudando ante la puerta cerrada. "Dicho solo entre nosotros, Doug, y para tu conocimiento personal, también hay socios que tienen problemas con tu vida privada. Los convencí de que los tiempos están cambiando y que nosotros debemos cambiar con los tiempos pero ..." se encogió de hombros.

Doug tuvo la impresión de que Mark tampoco estaba del todo de acuerdo con su relación. Mark cambió de expresión mostrando su cordial sonrisa de trabajo y abrió la puerta. "¿Te veremos en el Dupree Country Club la semana que viene?" No esperó a que Doug contestara la pregunta retórica, cerrando la puerta detrás de él mientras se alejaba de la oficina de Doug.

Doug inhaló y suspiró. Él y Lisa tendrían que tener esa charla más temprano que tarde.

***

Doug llegó a casa más tarde esa noche, pensando en los últimos días. Sabía que estaba completamente comprometido con Lisa y no estaba seguro de cómo abordar el tema de ser una pareja interracial. Lisa estaba en la cocina preparando arroz con pollo. Se colocó detrás de ella, agarró sus caderas y le dio un beso en la nuca.

Lisa sintió la sensación áspera de su barba contra la suavidad de su piel. Miró sus pálidas manos abrazando su firme abdomen. Detuvo lo que estaba haciendo para darse vuelta y mirar de lleno a su hombre. Acalorados besos avanzaron por su mejilla hasta la parte delantera de la clavícula. Ella gimió de placer, se recostó contra la encimera. "Ooh, me gustan esos. ¿Que tal fue tu día?"

"Mejor, viendo que estás aquí en casa". Doug se relajó con Lisa en sus brazos.

"La cena está lista. ¿Quieres comer ahora?" preguntó.

El rostro de Doug se puso serio. "Vayamos a hablar a la sala de estar. Comeremos más tarde".

Con Lisa todavía en sus brazos, la guió a la sala y le indicó que se sentara. Ella tomó asiento en el borde del sofá mirando a Doug mientras el caminaba de lado a lado.

"¿Qué pasa? Hay algo que te está pesando".

Doug dejó de caminar para responder. "Es algo que nunca se dio entre nosotros". Doug tomó aliento y se arrodilló frente a Lisa para tomar sus manos. "¿Has pensado en los problemas raciales que podrían surgir cuando nos casemos?"

Lisa inspiró profundamente y dejó escapar un largo suspiro. Ella se sintió aliviada de que él fuera el primero en sacar el tema. "Doug, lo pensé. No pude encontrar la manera de decírtelo. Todo sucedió tan rápido. Nuestra relación y el acelerado compromiso. Ahora el bebé lo ha puesto todo en una perspectiva diferente".

"Lisa, no sé qué decir. Nunca tuve que lidiar con esto como si fuera un problema".

"Siempre ha sido un problema para mí. Cuando eres parte de una minoría, estos problemas son de primer orden. Nunca pensé que podría estar en un matrimonio interracial. Mi familia y tu familia, en su mayor parte, han sido muy comprensivos. Son las personas ajenas a nuestras familias que no nos conocen las que van a tener problemas".

Doug se sentó al lado de Lisa y la estrechó. "Hasta que te conocí, nunca pensé en tener un matrimonio interracial. Tú y yo estábamos lidiando con tantos otros problemas que el hecho de que fuéramos de diferentes orígenes culturales, para mí, era una ventaja. Nunca he conocido a nadie como tú".

Lisa le tomó la mano con fuerza. Su calidez y la amabilidad de sus palabras la estaban acercando a un hombre que se estaba convirtiendo en una parte natural de su alma. Ella le dio una respuesta alentadora. "Sé que esto es nuevo para ti. Estoy aquí para apoyarte en eso".

"Si acordamos enfrentarlo juntos, no habrá nada que no podamos superar".

Lisa se levantó y tomó la mano de Doug hasta que él se paró a su lado y la siguió a donde ella lo conducía.

"¿A dónde vamos, Lisa?"

"No tengo hambre todavía". Lisa subió corriendo las escaleras con Doug siguiendo sus pasos.

Capítulo 11

Terri y Lisa planearon un viaje de compras para abrir el registro de regalos de Lisa en un centro comercial.

Terri tomó una taza de diseño y se la ofreció a Lisa para que ella la aprobara o rechazara. "Todavía no puedo creer que estés embarazada. Al principio no hablabas para nada sobre tus sentimientos por Doug y ahora se van a casar y tendrás a su bebé."

"Todo ha sucedido tan rápido. Yo tampoco puedo creerlo. Se supone que mañana visitaremos a su hermano Todd para conversar todos los temas con su lado de la familia".

"¿Qué piensa Todd del matrimonio?"

"No lo sé. No puedo predecir si el hermano de Doug va a ser como Mona, que es amorosa con todo, o si va a ser un idiota respecto al asunto. Doug realmente no ha dicho mucho sobre su hermano."

"¿Cómo está Doug manejando la presión?"

"Empezamos a hablar sobre el tema, pero habrá más conversaciones."

Terri asintió y colocó la taza sobre la mesa y se volvió hacia Lisa. Terri miró hacia adelante y frunció el entrecejo. "¿Por qué ese hombre te está mirando?"

Lisa se volvió y vio a un hombre afroamericano, bien vestido y bajo, con gafas y bonitos hoyuelos. Le tomó un minuto, pero cuando Trent se acercó lo reconoció con bastante facilidad y lo recibió con un cálido abrazo. "Bueno, si es el mismísimo Trent Davenport. ¿Cómo estás?"

Trent la envolvió en sus brazos. "Lisa Dunbar, te ves tan encantadora como siempre."

Ella se rió de su coqueteo habitual, apartándose de su abrazo cuando Terri se aproximó. Acercó a su hermana para presentarlos. "Esta es mi hermana Terri; Terri, este es mi amigo, Trent Davenport."

Trent asintió educadamente a Terri, pero volvió su mirada hacia Lisa sin notar realmente a su hermana. Había pasado tanto tiempo desde la última vez que la había visto, y sus sentimientos por ella en realidad nunca habían cambiado. Él sonrió, esperando que hubiera llegado el momento de recuperarla. "¿Qué te trae al centro comercial?"

"¡El registro nupcial! ¡Me casaré en febrero!"

Trent se sorprendió con su revelación. "Felicitaciones, ¿quién es el afortunado?"

"De hecho, ya te lo había presentado, ¿Doug Bader?"

"Ese blanco, quiero decir" Trent tropezó con sus palabras, mirando a Lisa y luego a su hermana, esperando que aquello fuera una broma, y aún así sabiendo que no lo era. "Bueno... les deseo felicidad a los dos, Lisa."

"Gracias, Trent."

"Estoy aquí para conseguir un regalo de cumpleaños para mi madre, así que señoras encantadoras las dejaré para que continúen comprando." Trent sonrió cálidamente a Lisa y asintió con la cabeza a Terri mientras se alejaba.

"¿Qué fue eso?" preguntó Terri. "Si no le hubieras dicho que estabas comprometida, estoy segura de que te habría invitado a salir."

Mientras se reía del comentario de su hermana, ella dijo: "Él no es mi tipo. Estaba pensando en presentarlo a Maya."

Capítulo 12

El sábado por la mañana Lisa y Doug se levantaron temprano con un día repleto de actividades por delante.

A Lisa la mimaba el hecho de que Doug siempre se levantaba primero para preparar el café. Ella nunca le dio demasiada importancia al desayuno, pero ahora tenía que preocuparse por ella y también por el bebé. Doug se movía en su modo hiperactivo cuando ella entró a la cocina. Él detuvo lo que estaba haciendo el tiempo suficiente para darle a Lisa un abrazo y un beso matutino, luego volvió a freír las claras de huevo en la sartén antiadherente, sin mantequilla ni sal.

"Café descafeinado para ti y solo 4 onzas".

Mientras Lisa se sentaba, Doug cerró una pequeña taza de té frente a ella y la besó en la frente. Ella inhaló el fuerte olor de los frijoles y suspiró de nuevo. "Doug, ¿qué piensa tu hermano sobre nuestro compromiso?"

Doug se detuvo al lado de la cocina y se volvió para mirarla con la espátula medio levantada. "Estaba un poco sorprendido pero feliz por mí. Me alegro de que vayamos a cenar a su casa hoy. Sé que él y su esposa están ansiosos por conocer a la mujer que retiró del mercado al soltero más codiciado de Atlanta."

Puso la estación favorita de Lisa de R&B y comenzó a cantar. Destrozó algunas palabras e hizo reír a Lisa. Cambió a una estación de los cuarenta principales y cantó una canción con la que estaba familiarizado. Extendió su mano en silencio y le pidió que bailara con él.

Agarrándola de las caderas y tirándola con fuerza a su lado comenzó a balancearse de un lado a otro. Frotó su mejilla rasposa junto a la de ella respirando profundamente, cerrando los ojos y ofreciéndole una serenata.

El corazón de Lisa latía con fuerza y el desayuno era lo último en lo que podía pensar mientras Doug la envolvía en sus brazos. Ella le apretó los brazos con fuerza y lo miró a los ojos. Lo que haya estado en su mente se había desvanecido mientras ella lo apretaba para un beso apasionado.

Apartando a Lisa con suavidad, Doug se enfocó de nuevo y la miró a los ojos. "Primero desayuno, luego descanso."

"No tengo hambre todavía." Ella besó ligeramente sus labios. Él se rió y le hizo un gesto para que volviera a la mesa. Cuando le preparo el plato ella fingió hacer pucheros.

"Aún no tengo hambre." dijo mientras se levantaba para dejar la cocina. "Voy a subir. ¿Venís conmigo?"

"Puedes apostar a que si.".

***

Relajándose en la comodidad de la suave cama, Doug alcanzó a Lisa y acomodó la cara por debajo de su oreja. Susurró, "Solo piensa, el próximo año estaremos llevando a nuestro bebé a la biblioteca para la hora de los cuentos."

"Y a la práctica del fútbol." Ella le acarició el brazo. "¿Qué crees que vamos a tener?"

"Primero a un niño y luego a otro niño, después a dos niñas y luego otro niño más. Ah, entonces a otra chica." Doug le sonrió a Lisa esperando su respuesta.

Ella se quedó boquiabierta. "Doug, ¡son seis niños! No voy a tener tantos hijos."

"¿Solo mencioné a seis? Quise decir siete. Quiero a uno para cada habitación de la casa." Doug estaba completamente burlón. Quería ver cuántas más reacciones podía obtener.

Lisa se sentó derecha. "Doug, ¿has perdido la cabeza? ¡No voy a tener siete hijos! Dos, tres como mucho. Los otros cuatro tendrán que ser con tu próxima esposa."

Doug se sentó y la abrazó besándole la mejilla. Lisa le dio un ligero codazo que lo hizo reír. "Bueno

Doug, siete niños son siete matrículas universitarias, siete escuelas privadas, siete niños para vestir por la mañana, siete diferentes actividades, siete ..."

Lisa era buena en esto. Doug no había pensado en todas las responsabilidades con tantos niños. Abandonó sus burlas. "Detente, ya entendí. Ya entendí ... Pero estuviste de acuerdo con tres." Doug se rió ante la mirada en los ojos de Lisa.

Lisa respondió: "Dos."

"Tres ... o vuelvo a siete."

Ella se rió, disfrutando de su juego, el relax en contraste al estrés que sentían últimamente por todos los cambios en sus vidas.

***

Doug y Lisa llegaron a la biblioteca. Doug tomó su lugar para leerle a los niños.

Lisa se sentó en una mesa cerca suyo y escuchó la historia. Terminada la lectura Doug le presentó a Lisa a algunos miembros del personal de la biblioteca. Ella habló con algunas de las madres, mientras que Doug se movió a un lado para abrazar a uno de los niños que tiraba de su pantalón.

"Soy Amy. Mi hija es Patricia. Ella es la nena de dos años que está con Doug. Adora sus lecturas. ¿Es cierto que ustedes se van a casar?"

"Sí, en febrero."

"Eso es maravilloso" exclamó Amy. "Es un tipo tan bueno. Les deseo mucha felicidad a ambos."

Lisa sonrió, "Gracias, Amy."

Doug volvió a envolver sus brazos alrededor de la cintura de Lisa dándole un beso juguetón en la mejilla.

"Estupendo," Amy se rió.

Capítulo 13

Lisa y Doug pasaron por casa para cambiar de auto ya que Lisa tenía todo el equipo en el suyo. Él protestó porque ella manejaría, pero ella insistió ya que no estaba tan avanzada en el embarazo y para su comodidad instalaría un freno de emergencia en el asiento de pasajero después del juego. Doug apretó los dientes, sabiendo que ella solo estaba bromeando, pero incómodo de todos modos. Aún así, él no podía quitarle todas sus libertades, por lo cual acabó cediendo.

Llegaron a tiempo para prepararse para el juego de fútbol. Doug tomó las pelotas del maletero y la apartó a ella.

"Doug, es un saco de pelotas y no estoy tan lejos. Puedo manejar esto sola. ¿Por qué no te vas a sentar con los padres?"

"Lisa, muchas cosas pueden suceder en el primer trimestre de un embarazo. Si no quieres que te ayude, haz que tus adolescentes lo hagan."

"¡No soy una indefensa, Doug!" le gritó. Frustrada, agarró algunos de los artículos más ligeros y comenzó a caminar hacia el campo, y Doug la siguió rápidamente.

Las adolescentes comenzaron a llegar y notaron a su entrenadora con su prometido. Lisa miró a

Doug silenciosamente diciéndole que el ya no era necesario. Él captó el mensaje y caminó hacia las gradas. En su camino hacia allí, fue interceptado por un padre del otro equipo.

"Soy Jeff. Mi hija es Greta. Te vi poner los conos para la entrenadora Lisa. ¿Eres el nuevo asistente de ese equipo?"

Doug se negó a extender su mano. No estaba de humor para socializar y no estaba seguro de las motivaciones de Jeff. "Encantado de conocerte. No soy un entrenador. Soy el prometido de Lisa. Ella no tiene permitido levantar más de diez libras. La ayudaré hasta mucho después de que llegue nuestro bebé."

Jeff se cruzó de brazos y se acomodó en una postura cual un sólido bloque. Se frotó la barba mientras pensaba en una respuesta.

"Felicidades a ti y a Lisa. Cuando te vi colocando los conos supuse que eras un entrenador." Jeff volvió hacia el grupo de padres y procedió a difundir el chisme.

Doug tomó asiento en las gradas. Todos los padres del equipo de fútbol de Lisa estaban al tanto de su compromiso con Doug. Algunos padres eran más amigables que otros, pero eso no lo afectaba a Doug. Estaba aquí para asegurarse de que Lisa no se excediera.

El juego avanzó llegando el medio tiempo y Doug fue hacia el puesto de comida. Estaba haciendo la cola para tomar un trago. Alguien tocó a Doug en el hombro por detrás. Doug se dio vuelta y se encontró con la mirada de Jeff.

"No escuché tu nombre antes."

"Soy Doug."

"Perdona que me meta, ¿pero cómo en el mundo conociste a Lisa?"

Doug se movió y se cruzó de brazos, empezando a enojarse con el tono de Jeff, sin estar seguro de si el hombre era tan atrevido o genuinamente curioso. "Es una larga historia."

"Debe haber sido difícil decidir casarse y lidiar con todo el asunto racial."

Doug evaluó la pregunta de Jeff. Jeff parecía inofensivo, pero no era alguien con quien quisiera tener una conversación acerca de su vida personal con Lisa. Doug dio una respuesta evasiva con la esperanza de que ese hombre volvería a su equipo. "Lisa y yo manejamos todos los desafíos a medida que surgen. No hay nada más que hablar al respecto."

Eso era mejor que decirle directamente al tipo que se mantuviera alejado de sus asuntos, pero

Doug esperaba que su reacción no lastimaría a Lisa ni a su equipo.

Capítulo 14

Doug y Lisa llegaron a la casa de Todd alrededor de las 6:00 p.m. Su hermano abrió la puerta y Doug lo saludó afectuosamente con un abrazo, luego se hizo a un lado para las presentaciones. "Todd, esta es mi prometida, Lisa. Lisa, mi hermano, Todd."

Cuando pudo echarle un buen vistazo a Lisa Todd tuvo que esforzarse para no quedarse boquiabierto. Ella no era lo que él esperaba y Doug nunca mencionó que fuera negra. Él torpemente extendió su mano hacia ella, sin saber qué hacer exactamente. "Encantado de conocerte, Lisa."

"También estoy encantada, Todd."

Después de los saludos, Todd los invitó a pasar y dijo que sus hijos se estaban quedando en casa de unos amigos.

Alice salió de la cocina para ver a Doug y conocer a su prometida. Le sonrió cálidamente a Lisa y se ofreció a llevarla a recorrer su casa.

Terminaron en la cocina después de que Alice le mostrara a Lisa el piso de arriba y la sala familiar en la planta baja. La casa era muy rústica con pisos de madera y diversas antigüedades.

"Por favor tomen asiento. Tengo que sacar la carne de venado del horno. Cuando lo hago Doug siempre dice que ama mi venado, así que pensé en agasajarlo. También es mi receta favorita."

Lisa se sentó a la mesa e intentó sonreír cortésmente, sin estar segura de querer saborear a Bambi. Su estómago se rebelaba por el bebé y no por la idea de comer ciervos.

Alice agarró una jarra de té dulce de la nevera y le sirvió un vaso a Lisa. "Es un placer finalmente conocerte..."

"Es un placer finalmente conocerte. Doug está realmente emocionado con el casamiento."

"Yo también lo estoy."

Alice se sentó directamente frente a ella. No se le ocurrió nada que decirle a Lisa. "¡Estoy tan emocionada de conocerte pero no estoy segura de qué decir!" Alice se rió y fue un sonido cómodo y amistoso destinado a tranquilizar a Lisa.

Lisa sugirió: "Podríamos hablar sobre el clima, la música, las estrellas, lo que has leído en una revista, tus hijos, tu familia... Hay mucho de qué hablar."

"¡Bien entonces! Te contaré un poco sobre mí. Mis padres eran de la clase trabajadora. Se sacrificaron para mandarme a una escuela privada.

Ahí es donde conocí a Doug y a Todd. Yo era una estudiante de primer año, Todd estaba en segundo y Doug en el último año. Todd y yo éramos realmente buenos amigos. Siempre nos mantuvimos en contacto. Trabajé a tiempo parcial durante el verano en Bader Construction durante la escuela secundaria y ahí es donde me hice amiga de Todd."

Alice continuó, "Después de graduarme de la escuela secundaria, estaba cansada de la escuela y de las discusiones con mis padres. Un día, Todd me ofreció trabajar para su compañía a tiempo completo. Trabajé allí durante un año y, de alguna forma, Todd y yo nos hicimos más que amigos. Comenzamos con cenas ocasionales. Pasaron de ocasionales a frecuentes. Desde la muerte de los padres de Todd, él pareció recluirse en su trabajo. Al mismo tiempo, parecía necesitarme más. Si él no estaba trabajando, estaba conmigo. Dos años después nos casamos y hemos sido felices desde entonces."

Lisa estaba sorprendida. "Caramba, ¿se casaron jóvenes, no es cierto?"

Alice sonrió. "Yo tenía veintiún años y él tenía veintidós. Ninguno de los dos fuimos a la universidad. El padre de Todd quería que el fuera pero Todd decidió manejar el negocio. Sin embargo, Doug siempre fue el más brillante. Después de que sus padres murieran, realmente se enterró en sus estudios universitarios. Es decir, tenía a Todd, pero Doug estaba bastante solo. Todos estaban lidiando con su dolor por separado. ¿Ya te ha contado Doug sobre eso?"

"No señora, él no lo ha mencionado. Solo sé que fallecieron."

"Oh, solo asumí... bueno," Alice hizo una pausa. "Realmente deberías saberlo, solo, por favor no lo repitas a menos que él te pregunte." Ella tomó un sorbo de su té y Lisa la imitó. "Los padres de Doug y su novia conducían a su campus para recogerlo en ocasión a las vacaciones de primavera. Solo sé que tuvieron un accidente automovilístico y los tres murieron. Todos se habían ido al instante, incluso antes de llegar al hospital. Ni Doug ni Todd tuvieron la oportunidad de despedirse."

"Pensamos que Doug nunca echaría raíces después de perder a Tiffany, pero, luego llamó contando sobre ti y, bueno, es genial, Lisa. Estoy tan feliz por ustedes dos."

Envuelta en la trágica historia Lisa intentó devolverle la sonrisa a la otra mujer. Sin duda, Alice estaba decidida a mantener la velada amistosa a pesar de la tristeza, por lo que Lisa hizo todo lo posible para seguir en esa sintonía. "Gracias. Eso significa mucho para mí. ¿Te contó Doug cómo nos conocimos?"

"No, no lo ha hecho."

Capítulo 15

Después de que las mujeres se fueran a recorrer la casa, Todd y Doug se apartaron para poder tener una conversación en privado.

Doug no había traído a una mujer para presentarle a su hermano desde el accidente de autos que se llevó la vida de sus padres.

"Doug, ¿qué estás tratando de hacer, tirar tu carrera por la ventana?" La cara de Todd estaba sombría. Sus cejas se arrugaron y su tono de voz se volvió más agudo, lo cual era normal para Todd cuando se enojaba.

Doug se cruzó de brazos y enfrentó la mirada de su hermano. "¿De qué estás hablando? ¿Tirar mi carrera? ¿Por qué habría de hacerlo?"

"Ella es negra, Doug. Eres un abogado sureño. ¿No podrías haber encontrado a una mujer sureña blanca, una que no se embarazara a propósito?"

"Esa no es la forma en que sucedió. Elegí no usar protección la noche que nos comprometimos. Deja en paz a Lisa. Era mi responsabilidad. Este embarazo solo aceleró la boda."

Todd cuadró sus hombros y se enfrentó a Doug directamente. "Este romance ha sucedido muy rápido. Ella podría estar tras tu dinero."

"Ella no sabe lo que tengo. Ya déjalo Todd."

"¿Cuántos clientes crees que vas a tener cuando vean que tienes una esposa negra y niños negros? Tendrás que mudarte hacia el norte si alguna vez quieres ganar dinero ejerciendo la abogacía."

"No me voy a mudar y mis asuntos marchan bien. No te metas. Lisa es perfecta para mí."

"No, no lo es. No conoces a esa zorra."

Doug agarró a su hermano por el cuello de la camisa presionando su nariz contra la suya. "Nunca vuelvas a decir eso en mi cara."

"Suéltame. Es mejor que me oigas decírtelo a ti que a otra persona."

"Es mejor que te lo guardes. Alice no sabe nada sobre el niño de 3 años que tienes."

Todd palideció. "¿Cómo supiste sobre eso?"

"Tengo amigos" contestó Doug con aire de suficiencia.

***

Alice llamó a los hombres para que fueran a comer. La comida fue muy silenciosa. Doug no bebió su tónico con vodka y sostuvo la mano de Lisa con fuerza debajo de la mesa. Todd miraba a Lisa y a Doug con expresión preocupada. Los hermanos estaban enojados el uno con el otro. La conversación de Lisa y Alice era forzada.

"Lisa, ¿a que te dedicas?"

"Trabajo como contadora para Mona, la tía de Doug."

Todd tomó especial interés en la declaración de Lisa, reanimándose. Arrojó su servilleta sobre la mesa y cruzó una pierna sobre la otra.

"¿Cuánto tiempo llevas trabajando para mi tía Mona?", preguntó Todd.

"Empecé a trabajar para ella hace unos dos meses."

"¿Cuándo conociste a mi hermano?" Los ojos de Todd se entrecerraron y su rostro ahora tenía una expresión sombría.

Lisa se rió. "En realidad, lo conocí la noche de mi primer día en el trabajo. Estaba pidiendo comida para llevar ... "

Doug terminó por ella, "... y ella se negó a darme su nombre." Doug miró a su hermano y le devolvió la expresión tensa.

Lisa se rió, tratando de aligerar el humor de los hermanos. "Doug me compró la cena de todos modos. Y yo simplemente salí caminando por la puerta."

Alice preguntó, "¿Entonces debieron haberse visto nuevamente en otra oportunidad?"

Doug respondió secamente, "Si."

Doug no estaba de humor para repetir la historia y Todd no estaba de humor para escucharla. Alice se levantó de la mesa para contestar el teléfono.

"Lisa, tenemos otra cita esta noche. Lamento interrumpir esta visita." Lisa interpretó la señal de Doug y se levantó para irse con él. La cena estaba lo suficientemente tensa como para que estuviera lista para partir. Todd acompañó a Doug y a Lisa a la puerta.

"Le diré a Alice que se han ido. Déjenme mostrarles la salida."

Todd y Doug se miraron fijamente antes de partir hacia la puerta. Doug sostuvo firmemente la mano de Lisa mientras caminaban hacia la salida.

De regreso a casa Doug estuvo silencioso en el auto, hirviendo silenciosamente mientras Lisa estaba sentada a su lado preguntándose qué podría hacer para arreglar lo que había sucedido entre él y su hermano.

Una vez que llegaron a casa, Doug rozó sus labios suavemente contra su mejilla. "Iré a pasar un rato al estudio."

"De acuerdo."

Caminó por el pasillo, agradecido por que Lisa no intentó entrometerse en lo que le pasaba.

Doug no había previsto tener problemas con su hermano. Había esperado que Todd fuera feliz por él. Cerró la puerta y se preparó un tónico con vodka para relajar sus nervios y reflexionar sobre la conversación con su hermano.

∗∗

Durante la siguiente hora Lisa se mantuvo ocupada. También reflexionó sobre la breve visita a la casa del hermano de Doug. Doug no tenía mucha familia y era más cercano con su tía Mona. Lisa pudo sentir la frialdad de Todd y, bendito sea su corazón, Alice mostró bien sus modales sureños y no supo qué pensar de la situación hasta después de hablar con Lisa. Tal vez Todd cambiaría de idea.

Mientras Lisa dormitaba en la terraza acristalada, Doug entró silenciosamente. Se arrodilló junto a ella, tomó su mano y sintió la cálida energía fluir por sus venas. Él no pudo resistirse a ella. Ella era su mujer ideal.

El toque de Doug la despertó. Ella parpadeó y lo miró a los ojos, el profundo dolor que acechaba en su interior. Esperaba que él estuviera dispuesto a compartir. "¿Estás bien, Doug?"

Doug respondió con una voz profunda y lenta exhalando su frustración en una actitud de disculpa. "Tenía muchas cosas en mente. Todd y yo discutimos. Realmente no me gustó lo que él dijo. Es por eso que quise irme en el medio de la cena."

Los ojos de Lisa no vagaron mientras ella acariciaba suavemente su suave cabello de color rubio arena. "Yo sabía que algo estaba mal. No quería presionarte para obtener información. Sentí que me contarías si querías que supiera."

Doug liberó algo de estrés al sentir el suave tacto de Lisa. "No quiero hablar de nuestra pelea. No quería que creyeras que estaba enojado contigo. Mi hermano es un idiota."

Doug se levantó aún frustrado por la discusión que tuvo con su hermano. Comenzó a caminar de un lado a otro "No puedo creer que mi hermano sea tan imbécil acerca de esto."

"Acerca de qué, Doug?"

"Estaba obsesionado con el hecho de que eres negra. Él es el primero en mi familia que ha sido un idiota al respecto, y es mi hermano."

"Todos tenemos gilipollas en la familia."

"Es mi hermano. Sin mis padres solo nos tenemos el uno al otro. Él debería estar feliz por mí."

"Él cambiará de idea. Sé que no le dijiste que yo era negra. Vi la expresión de su rostro cuando llegué a la puerta. Fue impagable." Lisa rió disimuladamente.

"¿Cómo puedes sentarte allí y reírte del asunto?"

"¿Por qué no le dijiste que yo era negra?"

"¡Y qué!" Doug se detuvo y frunció las cejas. No podía creer su pregunta.

"¿Por qué no le dijiste que yo era negra?" Lisa se levantó y lo miró directamente.

"No lo sé. No era importante. Sigue sin serlo. Pensé que estaría feliz por mí con -- no importa."

"¿Que no importa? Querías ver su reacción. Admítelo. He hecho lo mismo. Dependiendo de la situación, solo digo que tengo un prometido, pero al tratarse de la familia ellos necesitan más información."

Doug sonrió levemente después de pensar en su observación. "Está bien, pero aún así no esperaba su reacción."

Lisa entrecerró sus brazos detrás de su cuello y lo atrajo hacia ella. Doug acomodó su cara bajo la barbilla de Lisa. "Tratar con familiares difíciles es parte de los obstáculos que enfrentaremos. Te amo, Doug. Nada cambiará eso."

Capítulo 16

Era la mañana del Día de Acción de Gracias. Los padres de Lisa eran los anfitriones de la fiesta. Doug estaba algo nervioso porque estaba acostumbrado a los festejos pequeños, pero ahora sería nuevamente presentado a los numerosos familiares de Lisa.

Por lo general, pasaba tiempo con Mona y viajaban juntos para visitar a sus hijos durante el otoño. Este año era diferente. Ahora estaba comprometido y tendría a sus propios hijos.

Lisa se levantó temprano para preparar una cazuela de batata. Agarró su mezclador para zurdos que Doug le había comprado y el zumbido resonó en toda la casa. Casi había terminado el platillo cuando escuchó a Doug entrar a la cocina.

Lisa preguntó: "¿Estás listo para conocer a mi familia?"

"Pienso que si."

"Lástima que Mona no pudo venir. ¿Con cuál de sus hijos se va a quedar?"

"Con Amy. Amy y Susie viven en Raleigh, y Bruce vive en Orlando. Bruce y Mona volarán a Raleigh para pasar las vacaciones."

"¿Les has contado a tus primos sobre mí?", preguntó Lisa.

"Rara vez hablo con ellos, pero, conociendo a la tía Mona, ella ya le habrá contado a todos."

Lisa se rió. Terminó de preparar la cazuela y partieron hacia la cena de celebración familiar.

Lisa y Doug llegaron y comenzaron a mezclarse con su familia. Ann y Dave tenían la casa llena de parientes. Los hombres estaban en el despacho y las mujeres en la cocina.

Dave se acercó a Doug para estrecharle la mano y lo llevó a la sala de estar para picar algo. Había una mesa esquinera que contenía una gran variedad de aperitivos que incluían huevos rellenos, una variedad de frutas y quesos, bandeja con vegetales crudos y salsa de espinacas en un tazón de pan de centeno. Había demasiada variedad como para que Doug eligiera. Tomó algo de la salsa, pero se abstuvo de los huevos para reservar espacio para la cena.

Doug se sentó en el sofá y comenzó a saborear su aperitivo cuando escuchó una conversación que se estaba manteniendo detrás suyo. Reconoció la voz de Ricky, habiéndola memorizado en la boda de Terri. No reconoció la voz del otro hombre.

"No puedo creer que la hermana de Terri se esté casando con ese hombre blanco", dijo Ricky con un tono de disgusto.

"Yo tampoco puedo creerlo. Este compromiso fue un shock para la familia ", dijo el otro hombre en voz baja y profunda.

"Terri dice que ella también está embarazada". se quejó Ricky.

Doug se inclinó hacia delante para fingir que no estaba escuchando a escondidas cuando Terri interrumpió la conversación y les ofreció a los hombres algo para que bebieran. Continuaron cuando ella se fue.

"Tengo suficientes hombres blancos en el trabajo. No quiero verlos en mi tiempo libre. ¿No pudo encontrar a un *brother* que fuera lo suficientemente bueno para ella?"

La voz de un hombre respondió. "Conocí a Jaylon. Ese *brother* era abogado, tenía la casa y todo. Lisa y él salieron durante dos años y luego rompieron. Todos pensaron que se iban a casar. Esto con Doug realmente ha sorprendido a la familia. Todo ha sucedido en menos de tres meses."

Ricky bajó el tono de su voz, haciendo que a Doug le resultara difícil escuchar el resto de la conversación que de todos modos no tuvo mucho tiempo para continuar escuchando pues Dave regresó y comenzó a hablarle sobre el próximo partido de fútbol.

Capítulo 17

Stacy fue la primera en gritarle a Lisa. "Chica, ¿dónde encontraste a ese guapo hombre blanco?"

Todas las mujeres se rieron.

"Lo conocí en un restaurante."

Stacy acomodó sus trenzas detrás de la oreja. "¿Tiene un hermano?"

"Su hermano está casado," respondió Lisa.

"No lo mojes, olerá a pelo de perro". La voz que salió de la nada era de la tía de Lisa, Lucille.

"Dejen a mi pequeña sola y permitan que viva un poco su vida", dijo Ann mientras echaba a las primas de la cocina.

Las primas se dirigieron a la puerta y trasladaron su conversación a la sala de estar, dejando a las tías terminando de cocinar la cena y recordando los viejos tiempos. Las primas se acomodaron en el sofá.

La curiosidad de Stacy no podía contenerse. "¿Cómo estás manejando todo el asunto de un blanco con una negra?"

"No, tu también. ¿Por qué me interrogas sobre eso?"

"Sólo quiero saber. ¿Es cierto que todos los hombres blancos son cortos?"

Lisa se rió. "No Doug. Quizás no sea blanco."

Todas las primas se rieron.

"¿Vas a enseñarle a Doug el *Electric Slide*? Puede que lo logre. Los vi bailando juntos en mi boda. Por ser un hombre blanco tiene algo de ritmo". Las primas se rieron al oír el comentario de Terri.

"Los movimientos de Doug están bien. Eres tan mala como nuestras tías. Puede que tenga que subir y sentarme con ellas. Ustedes son unas malvadas." Lisa arrojó una almohada a su hermana.

Maya preguntó: "¿Puede cantar? ¿Lo traerás a la iglesia?"

Lisa respondió. "No lo sé aún. No hemos hablado sobre la iglesia, y no, cantar no es su mayor talento." Las chicas aullaron.

"¿Entonces qué quieres tener? ¿Un niño o una niña?", preguntó Terri.

"No importa, siempre y cuando sea solo uno", dijo Lisa con voz encantada. "Doug quiere una casa llena de niños y tres es mi límite."

Stacy dijo: "Escuché que su casa es enorme. ¿Vas a trabajar después de que nazca el bebé?

"Planeo trabajar, entrenar al equipo de fútbol y hacer todo lo que hago ahora." Lisa se levantó y se frotó su firme abdomen. "Miren, estoy en gran forma."

"Los bebés dan mucho trabajo", dijo Stacy. "No planeo tener niños por mucho tiempo."

Maya arrugó la nariz y dijo: "Lisa, no sé si podría tener un novio blanco. Tratar con el racismo me molestaría."

Lisa respondió. "Todo te molesta, Maya. No podemos hacer que salgas con nadie negro, blanco ni de otro color. Eres extremadamente exigente."

Maya respondió: "No puedo evitarlo. He visto a ustedes tres enamorarse y acabar con el corazón roto. No quiero ser parte de eso."

Stacy dijo: "No vas a encontrar tu verdadero amor en la primera cita. Maya, no llegas a la segunda cita. ¿Cómo vas a conocer a un hombre si no lo ves más de una vez?"

Maya levantó la nariz, "Está bien así. No me tratan como si fuera mugre."

"Pensé que querías tener niños", terció Terri.

"Así es. Cuando cumpla treinta años, adoptaré. En marzo cumpliré 29, así que tengo un año para pensar en ello."

Ann pidió a las chicas que regresaran a la cocina para ayudar a terminar las preparaciones del Día de Acción de Gracias y ellas caminaron pesadamente de regreso hacia la madriguera de pavos y cazuelas.

***

Una vez que el sótano quedó despejado, los hombres bajaron las escaleras aprovechando que las mujeres estaban terminando la cena. Doug estaba tomando su tercer tónico con vodka porque él y Lisa habían acordado que ella sería la conductora designada. Por la forma en que estaba transcurriendo la velada para Doug, harían falta unos cuantos tónicos con vodka para lograr superarla, pero tampoco podía perder el control frente a sus nuevos parientes.

Ricky arrinconó a Doug cerca de la chimenea. Los dos hombres se miraron con suficiente distancia para mantener cada uno su espacio. Doug no iba a retroceder, pero tampoco tenía intención de comenzar un altercado.

"Entonces, ¿qué hizo que te decidieras a casar con una *sistah*?" El bigote de Ricky se crispó y el hielo en su vaso hizo clic mientras se tragaba lo que quedaba de su cóctel.

Doug había dejado su vaso en la mesa de café. La pregunta de Ricky golpeó un nervio. Sintió que esta conversación no era amistosa y se convertiría en una discusión si no actuaba diplomáticamente. Doug recordó su breve encuentro con Ricky en el ensayo de la boda. En otras ocasiones habría sido cordial y distante. Esta no se sintió como una de esas ocasiones. "Estoy enamorado de Lisa. No quería esperar más ".

"Sé que tu familia no aprueba esto." Ricky observó a Doug con sospecha.

Doug elaboró su respuesta cuidadosamente. "Mi familia es igual a la familia de Lisa. Algunos miembros lo aprueban y otros no. No haremos una votación entre nuestros parientes para ver si deberíamos casarnos."

"¿Con cuántas mujeres negras has salido?"

Doug continuó mirando a Ricky pero mantuvo el control sobre sus emociones. Sus hombros estaban tensos y su respiración se aceleraba. Tomó respiraciones profundas para calmarse. Recordando su entrenamiento en el tribunal, momentáneamente se compuso como si estuviera en una audiencia para un cliente culpable. Nunca muestres tu mano y nunca permitas que te vean sudar. "Solo con Lisa."

"Eres un rico tipo blanco que podría tener a cualquier mujer que deseara. ¿Por qué quieres a una mujer negra?"

Doug sintió que sus dedos se apretaban a los costados. Sería tan fácil callar a Ricky, pero sabía que no era la forma correcta de lidiar con la situación.

Afortunadamente, Dave intercedió, nuevamente sin saberlo.

"Doug, Ricky, ¿puedo traerles algo de tomar?"

La cara de Doug era de un tono rojo claro y Ricky también estaba enojado.

"Un vodka en las rocas con un *twist*", respondió Doug.

"Ginebra y jugo. La bebida de un hombre negro."

Los dos continuaron mirándose el uno al otro.

"Doug, ¿por qué no vienes a ayudarme con las bebidas? Ricky, creo que Ray quiere verte."

"Que más da." Ricky se dio vuelta y Doug no pudo evitar exhalar, aliviado de alejarse de una situación que solo empeoraba.

"Ricky es un grano en el culo, pero muchos hombres negros sienten lo mismo que él. Doug, este no será un matrimonio fácil para ti y Lisa. Habrá mucha presión exterior tanto de los negros como de los blancos."

Doug asintió con la cabeza, pero no supo qué decir. "Debería ver a Lisa."

"Lisa está bien. Déjame ir a buscar tu bebida. La cena debería estar lista pronto."

Capítulo 18

Doug y Lisa estaban uno al lado del otro mirando la variedad de platillos que incluían jamón, pavo, pastel de carne, pollo, chinchulines, mazorcas de cerdo, verduras, macarrones y queso, okra, calabaza, guisantes negros, cazuelas de judías verdes, repollo morado, puré de patatas, aderezo y pan de maíz. Después de los aperitivos previos a la cena era casi imposible decidir qué comer.

Dave bendijo la mesa mientras toda la familia Dunbar formaba un círculo tomados todos de las manos con las cabezas agachadas pensando en las cosas por las que agradecían. Los labios de Lisa se separaron formando una pequeña sonrisa mientras sus ojos se dirigían a Doug quien tenía su mano firmemente entrelazada con la suya.

Los ojos de Doug se cerraron mientras su mente vagabundeaba pensando en la nueva vida que se le avecinaba y su inminente matrimonio. Su vida había cambiado tan drásticamente. Ocasionalmente Doug había pasado feriados con la familia de Greg, por lo cual el Día de Acción de Gracias con la familia de Lisa le resultaba familiar.

Dicha la bendición, algunos miembros de la familia se dirigieron a la mesa para tomar su lugar, mientras que otros fueron a la cocina para preparar sus platos.

Mientras Lisa se servía, echó un vistazo al plato de Doug. Para su sorpresa, Doug se había agregado algunos chinchulines y mazorcas de cerdo. Una vez que tomaron asiento, ella observó como Doug comenzaba a comer. Su frente se arrugó y tiró de la manga de Doug cuando estaba a punto de meter el tenedor en el plato. "¿Sabes lo que estás comiendo?"

Doug la miró con una sonrisa afirmativa. "Sí, creo que estos son chinchulines."

Para entonces, algunos otros miembros de la familia se detuvieron para mirar a Doug. Algunos tenían miradas de asombro en sus caras, no habiendo pensado que él realmente sabía lo que eran.

"¿Te vas a comer eso?", preguntó Lisa.

Doug se rió y dijo "Sí. ¿Me pasarías la salsa picante y el cha cha?"

Lisa rió mientras agarraba la salsa picante y se la pasó. Doug recogió la botella y sacudió el contenido hasta que los chinchulines estuvieron casi completamente cubiertos. Tomó su cuchara y dejó caer una gran porción de cha cha en la parte superior.

Lisa continuó mirando a Doug. "¿Sabes lo que son?" preguntó mientras casi se reía de su pregunta.

"Son intestinos y estómago de cerdo. Los he comido en la casa de la madre de Greg. Ella también hace otras cosas extrañas. Mi hermano y yo íbamos al festival de Road Kill solo para divertirnos viendo qué hacen las personas con ellos."

"Oh, eso es asqueroso", suspiró Lisa disgustada.

Doug sonrió y le guiñó un ojo. "Te llevaré allí para nuestro aniversario. ¿Quieres algunos de mis chinchulines? Son bastante buenos."

La cabeza de la tía Lucille apareció desde el otro extremo de la mesa. Sonrió y le guiñó un ojo a Doug. "Gracias, te daré la primer porción de mi pastel de nueces."

"No, señora. No quiero ofenderte, pero soy alérgico a las nueces."

Lucille se quedó boquiabierta mostrando una ligera decepción. "Tengo cheescake con glaseado de caramelo."

"Para eso cuenten conmigo" dijo Doug con una sonrisa. Lisa puso los ojos en blanco, divertida con el intercambio entre Doug y su tía. Doug notó que el plato de Lisa estaba libre de chinchulines y le hizo otra oferta.

"Sírvete algunos." Metió el tenedor en su plato y tomó una pieza que tenía un montón de cha cha encima. Puso su mano debajo para que no se cayera.

"No como eso."

"Pruébalos por mí. Te prometo que son realmente buenos de esta manera."

Mientras su familia miraba para ver qué hacía, abrió la boca y permitió que Doug le metiera el bocado. Masticó la pieza y su cara fue inexpresiva. Aún masticaba lentamente mientras decidía si le gustaba o no. "Está bien Doug, pero no más. Disfrútalos tu."

"Entonces, ¿vas a prepararlos para Navidad?", dijo Doug mientras extendía su brazo sobre su hombro para darle un ligero abrazo.

Lisa le clavó a Doug una mirada de desaprobación, acercó los labios a los suyos y le susurró dulcemente, "No será en esta vida."

Doug la soltó y se rió.

"Gente blanca comiendo chinchulines. Ahora si que lo he visto todo." La fuerte voz de la tía Olivia rompió el silencio de la habitación después de la exhibición de Doug, la picardía en sus ojos hizo que Lisa sonriera. "Me sorprendió que supieras lo que eran y no tuvieras problemas para comerlos."

"No vamos a entablar en la mesa una discusión sobre el juego salvaje. Quiero que Lisa disfrute de su comida."

"¿Discusión sobre el juego salvaje?", preguntó Lisa.

Doug se rió de Lisa y le dijo: "Más tarde."

La tía O se reclinó en su silla y solo se quedó mirando mientras Lisa se reía y besaba la mejilla de Doug. "Bueno. Gracias, eso creo."

La discusión se desvió hacia la política y las próximas elecciones presidenciales. El debate entre los miembros de la familia sobre la agenda republicana se volvió acalorado. Doug y Lisa escuchaban mientras sus padres discutían los problemas con su tío Ray. Otros estaban absortos en pequeñas charlas privadas.

Ray estaba sentado al lado de Doug y le preguntó: "¿Eres demócrata o republicano?"

"¡Ray!" le gritó Ann "Eso no es asunto tuyo."

"Independiente" respondió Doug con voz evasiva.

"¿Así que no tienes una postura o simplemente no quieres unirte a un partido?"

"Soy un abogado. Puedo debatir las posturas opuestas de cualquier problema. Elijo no escoger un partido para no limitar mi clientela."

"Apuesto a que eres un republicano encubierto", dijo Ray con una sonrisa. "Todos los hombres blancos lo son, especialmente los del Sur."

Doug se encogió de hombros y no se involucró más en la conversación cambiando de tema. "¿Estás jubilado?"

"¡Diablos, no!", exclamó Ray. "Soy el propietario de la tienda "Trajes Nuevos y Usados de Ray". Para mi no existe la jubilación. Maya, esa es mi hija" él gesticuló con la cabeza hacia la mujer sentada al lado de Lisa, "Ella trabaja en mi tienda a tiempo parcial. Espero que se haga cargo de la tienda una vez que yo renuncie. Estoy en el negocio hace veinte años."

"He oído hablar del negocio de Ray. Mi amigo Greg compra allí todo el tiempo. Es un ejecutivo corporativo que viaja mucho."

Ray se reclinó en su silla. "¿Greg dices? Lo conozco. Viene seguido. La próxima vez que lo veas contale que me conociste."

"Lo haré."

Ricky permaneció estoico en la mesa lanzándole a Doug miradas ocasionales. Doug le devolvía su mirada helada de ojos azules. No iba a dejar que Ricky lo intimidara frente a Lisa y su familia.

Ricky levantó la nariz y dijo: "Apuesto a que eres fan de Alabama, galleta blanca".

Doug luchó por mantener la sonrisa en su rostro, tratando de controlar su respuesta sarcástica incluso mientras esta llegaba a sus labios. "Querrás decir hombre caucásico" dejó el tenedor y tomó la mano de Lisa, imaginando que los demás miembros de la mesa querrían información, incluso si la hubieran preguntado de una manera más educada. "Fui a Emory. Asique prefiero a Tech o a UGA".

Ricky se iluminó y se estiró sobre la mesa, "Dawg es el que manda" ladró en voz alta con los hombres alrededor de la mesa uniéndose a su exclamación.

Doug se rió y las mujeres agitaron sus cabezas, exasperadas.

Casi habían escapado a una noche de discusiones sobre el fútbol.

Dave le preguntó a Doug: "El *Peach Bowl* se está acercando. ¿Vas a ir?"

"Mi amigo Eric me dio boletos. Si quieres ir, veré si puede conseguir más."

Dave sonrió, impresionado con las conexiones de su futuro yerno.

Cuando cesaron las conversaciones de la cena, las mujeres volvieron a la cocina debatiendo chismes familiares. Lavaron los platos y repartieron los restos de la cena para llevarlos a sus respectivas casas.

Los hombres comenzaron a mover los muebles, colocando las sillas y acomodándose para la sesión de televisión de la tarde. Aunque Doug se sentó cómodamente con los hombres, comenzó a preocuparse por que Lisa podría estar cansada de todas las actividades. Abrió la puerta y la miró desde el otro lado de la habitación con la esperanza de que se diera cuenta de que estaba listo para irse.

Ella detuvo su conversación con Terri cuando lo vio. "¿Estas listo para ir?"

"Cuando tu lo estés."

Le guiñó un ojo a Doug. "Déjenme envolver algunas cosas para llevar a casa y luego podremos irnos."

"No te olvides de llevar sus chinchulines", dijo la tía Lucille con una sonrisa de autosatisfacción. "Puede que no vea otros hasta dentro de un año."

Capítulo 19

Lisa llegó temprano a la casa de Terri para aprovechar las rebajas del Viernes Negro. Ann ya estaba allí, así que se metieron en su camioneta y se dirigieron a la tienda de novias para mirar los vestidos.

Después de probarse numerosos vestidos, Lisa escogió uno de estilo princesa un par de talles más grande dejando así espacio para su embarazo. Miró al espejo perdida en sus pensamientos mientras su mamá y su hermana se maravillaban con el atuendo.

"Guau Lisa, te ves preciosa."

La sonrisa de Lisa se iluminó al imaginar su día de boda con Doug lleno de felicidad y amor por un hombre con el que estaba dando un salto de fe.

"Gracias, Terri. Realmente me gusta este vestido."

"Creo que es perfecto para ti", dijo Ann. "Estoy muy feliz por ambos"

"Gracias, mamá." Lisa abrazó a su hermana y a su madre. Algunas lágrimas recorrieron su rostro.

"¿Qué es esto?", Preguntó Ann medio en broma, abrazando a su hija mientras Lisa lloraba.

"Mi hija nunca llora."

Lisa rió mientras se enjuagaba las lágrimas. "No sé de dónde vinieron y no le digan a nadie que las vieron."

"Lisa está enamorada", dijo Terri, secando algunas de sus propias lágrimas.

"Salgamos de aquí antes de que arruine el vestido".

Más tarde, Lisa y Terri estaban discutiendo planes de boda en la cocina de Terri. Decidieron que el casamiento sería en el Dupree Country Club, donde Doug tenía algunas conexiones.

Una cancelación de último momento colocó la boda en el primer fin de semana de febrero, lo cual era perfecto ya que Lisa no debería destacar demasiado para entonces.

Ricky y su amigo Chris llegaron para la hora del almuerzo/cena. Lisa y Terri saludaron a los hombres mientras ellos asaltaban el refrigerador y se preparaban bocadillos sin ofrecerles nada ni a Lisa ni a Terri.

"Ricky me contó que te vas a casar con un tipo blanco", dijo Chris en tono áspero.

"No es solo un tipo blanco. Su nombre es Doug Bader." Lisa miró a Chris, preparándose para una batalla verbal.

Chris presionó más. "¿Entonces los *brothers* no fueron lo suficientemente buenos para ti?" bufó en tono burlón.

Un tiempo atrás Lisa había rechazado a Chris. Aparentemente, su ego todavía estaba magullado, pero Lisa no iba a aguantar su tono de listillo. "Eso no tiene nada que ver con el motivo por el cual nos casamos". No tenía que justificar su matrimonio con Doug ante nadie. En especial ante un idiota como Chris.

"Sin embargo, la boda es muy rápida. ¿Qué pasa, estás embarazada o algo así?"

Lisa se levantó y Terri saltó a su lado. "Eso no es de tu incumbencia. Vete a casa y cuida a tu propia mujer. Oh, espera, no tienes una, ¿verdad?" Lisa puso sus manos en sus caderas e hizo frente a la mirada de Chris.

Terri y Ricky estallaron de risa.

"Mira, todas mis mujeres han sido *sistahs*. ¿Cuál es tu excusa?"

"Para empezar me gustan los hombres así que no estaría saliendo con ningún sistah de todos modos. Y Doug se casará conmigo. ¿Cuál es tu excusa para embarazarlas y dejarlas?" Lisa se cruzó de brazos y sintió la mano de Terri en su brazo. Ella sacudió su brazo para lograr que Terri la soltara. "No quieres meterte conmigo." Había tomado muchas batallas en su vida y esta la podía manejar sin la interferencia de su hermana.

"Las cosas son difíciles para un *brother* en el mundo de los hombres blancos. Si crees que los blancos aceptarán que estés con él, no lo harán".

Lisa mantuvo la compostura, pero se aseguró de que su tono fuerte y persistente se entendiera. "No me importa lo que piensen. Esta relación es entre Doug y yo. Puedes desentenderte de mis asuntos."

"¿Por qué estás acosando a mi hermana, Chris? Los hombres negros eligen a mujeres blancas todo el tiempo. Ambos tienen amigos y parientes que lo hacen y nunca les dicen una palabra."

Ricky le contestó a su esposa, "Eso es diferente."

Terri lo fulminó con la mirada. "¿Cómo es eso?" Se cruzó de brazos mientras lo miraba. "Si fuera tu tendría cuidado al responder esta pregunta."

Chris puso el pecho al comentario. "Es diferente. Se supone que las *Sistahs* deben apoyar a los *brothers*."

"¿Y qué tal si los *brothers* apoyaran a las *sistahs*? Esto no me parece apoyo."

Ricky se metió de lleno en la discusión, "Entonces estás diciendo que las mujeres negras deberían darse por vencidas y encontrar hombres que no son negros como lo hiciste tu". La interferencia de Ricky enardeció a Lisa.

"Las mujeres negras deberían encontrar la mejor pareja disponible que las respalde independientemente de la raza. Si Doug fuera negro, no estaríamos teniendo esta conversación."

"¡Le diste en el clavo!", dijo Chris. "Él no es negro. No eres más que otra mujer negra que tiene hijos con hombres blancos."

Lisa agarró su abrigo y su bolso. Marchó hacia la puerta de la cocina pasando tan cerca de Chris que podría haberlo peinado. Terri siguió a Lisa e intentó detenerla.

"Terri, me largo de aquí. No soportaré más estos insultos." Salió por la puerta y se dirigió hacia su auto con Terri siguiéndole los pasos. Le gritó a Lisa mientras ella tenía su mano en la puerta. Chris y Ricky permanecieron en la casa.

"No deberías dejar que ese tonto te moleste."

"El tonto está en tu casa y tu no le pediste que se fuera. Uno de nosotros tenía que partir. Volveré cuando él no esté aquí." Lisa subió a su automóvil y se marchó.

***

Doug estaba en casa cuando Lisa entró por la puerta. Escuchó sus pasos mientras revisaba un caso, y levantó la cabeza para conectarse con su mirada cuando ella lo encontró en el estudio. Mientras estaba parada en la puerta ella parecía enojada, posiblemente estresada. Doug pausó su trabajo, levantó la vista por encima de sus gafas y miró directamente a sus ojos de color marón oscuro.

"Odio a Chris y a Ricky", dijo ella en un tono de voz muy enojado. "No sé por qué ella se casó con él."

"¿Te refieres a tu cuñado, el de los buenos valores?", preguntó Doug con sarcasmo.

"¿Vas a comenzar una discusión conmigo?"

"No, Lisa, no lo haré. ¿Qué fue lo que te dijo?" Doug rodeó el escritorio para acercarse a Lisa. No le gustaban las cosas que Ricky le había dicho, pero definitivamente no quería que Lisa fuera insultada en circunstancia alguna. Ella era su amor y nadie se interpondría entre ellos.

"Todo el rollo sobre por qué me caso con un hombre blanco. No es asunto suyo. Puedo casarme con quien yo quiera."

Doug se quedó allí estudiando la cara de Lisa. Ella hizo un puchero y cruzó los brazos tratando de recuperar la calma tras su incidente con Chris. Doug le dio un suave beso en la frente. "¿Qué quieres hacer al respecto?"

El beso de Doug se extendió por sus venas encendiendo una antorcha en el centro de su ser. Ella acercó las caderas de Doug a las suyas, echó la cabeza hacia atrás y lo besó, presionando sus senos contra su pecho. Sacó la camisa de sus pantalones y pasó sus manos sobre su pecho.

Doug estaba duro donde sus caderas presionaban juntas. Él deslizó sus manos debajo de su remera y palpó sus pechos a través del sujetador.

Lisa se echó hacia atrás, se quitó la camisa y puso sus manos sobre los hombros de Doug mientras él pasaba su mano alrededor para desabrochar el sujetador removiéndolo de su cuerpo. Ella se quitó su pantalón de jogging. Él acarició su suave piel morena.

Lisa se quitó su musculosa exponiendo sus senos inflamados. La lengua de Doug lamió alrededor de ambos haciendo que Lisa gimiera. "Cuidado, están sensibles."

Doug guió a Lisa de vuelta hacia el escritorio y se sentó en la silla ejecutiva. Lentamente la giró sobre su regazo, colocándola de contracara. Ella gimió cuando él penetró dentro de su cuerpo.

Lisa se apoyó contra el escritorio empujándose contra Doug de modo que el pudiera invadirla por completo. Lisa alcanzó su climax y dejó escapar un fuerte suspiro con un último empujón de Doug mientras él también llegaba al climax con un gemido final.

"Deberías enojarte más seguido."

Lisa volteó la cabeza y miró a Doug. Sus ojos se entrecerraron ante su observación, y no pudo evitar golpearlo juguetonamente en el pecho.

Él aulló con fingido dolor y se puso rápidamente de pie, arrastrándola junto a él, sus manos envolviendo sus muñecas para que no pudiera seguir castigándolo.

Siguiendo el juego Lisa trató de liberarse, pero siendo él el más fuerte de la pareja, no pudo lograrlo.

Él soltó sus muñecas solo para poder girarla y presionar su renaciente exitación contra su trasero.

"Suéltame Doug." Antes de que ella pudiera decirlo de nuevo, él le besó la parte reversa del cuello, llevó la mano hacia su barbilla y giró su cabeza enfrentándolos, tapando su boca con un fuerte beso dado de buena gana.

Ella giró en sus brazos para abrazarlo, sucumbiendo a sus avances, relajando su cuerpo y cerrando sus manos en sus brazos con firmeza. Miró a las profundidades de los ojos azules de Doug y sonrió. Si esta era la manera en la que él la reconfortaría, siempre estaba dispuesta a entablar más discusiones para estar con el hombre al que amaba.

"¿Estás bien ahora?" Doug preguntó con una sonrisa.

"Sí, mejor ahora contigo."

Doug sonrió. "No importa lo que diga nadie, Lisa: te amo".

"Yo también te amo, Doug."

Capítulo 20

Era el primer fin de semana de diciembre. Lisa estaba en la cocina hirviendo agua para hacer chocolate caliente. Como a Doug le encantaba el chocolate caliente para las conversaciones sentimentales, llevó ambas tazas a la sala de estar y se sentó junto a él.

Doug estaba viendo la televisión. Se detuvo y levantó la vista cuando ella le ofreció una taza. Se quitó las gafas y anuló el volumen.

Sabía que el equipo de fútbol de Lisa tenía un torneo en Birmingham, Alabama, el próximo fin de semana. Realmente nunca llegaron a discutir los detalles y la fecha se aproximaba rápidamente, asique se preguntó si el chocolate caliente sería para hablar del tema. El había sido muy elocuente con su opinión respecto a los planes de viaje. "Lisa, no quiero que viajes sola."

Lisa se sentó junto a Doug y colocó su taza sobre la mesita ratona. Estaba molesta con el comportamiento chauvinista de Doug. Antes de conocerlo ella viajaba a donde quisiera y él no iba a detenerla ahora. "Doug, viajé a todas partes antes de conocerte. No me vas a detener ahora."

"No pretendo detenerte, Lisa. Planeo ir contigo. No es lo mismo que antes. Estás embarazada ahora, y estamos juntos."

"Esto no es diferente a cualquier otro viaje hacia un campo de fútbol."

"Sí lo es, Lisa. Está por lo menos a dos horas de distancia noche de por medio en Alabama. Iré contigo", dijo con firmeza.

"Doug, todavía no estamos casados y no puedes quedarte conmigo. Tendré a un par de adolescentes sin escolta allí."

"Me quedaré en algún otro lugar."

Ella se cruzó de brazos, disgustada por lo irrazonable que él estaba siendo con el tema. "¿Desde cuándo esto se convirtió en una dictadura? Me dices qué comer, me llevas al trabajo y vienes a mis prácticas de fútbol. Una cosa era cuando nos encontrábamos involuntariamente, pero ahora no puedo tener ni unos minutos a solas."

"Tendrás tiempo para estar a solas solo que no ahora. Tenemos muchas cosas en juego y no puedes hacerlo por tu propia cuenta. Vamos a hacer esto juntos." dijo Doug en un profundo tono sureño que se hizo más y más fuerte con cada palabra. Eso le dio a Lisa en la vena.

La voz de Lisa se tornó fuerte mientras ella saltaba del sofá para enfrentarlo en tanto él permanecía sentado. "Acordamos que aun tendríamos nuestra privacidad, Doug, que haríamos nuestras propias cosas. No sé si podremos lograrlo si no podemos cumplir con esa promesa."

Doug se puso de pie mientras hablaba, abrió los brazos y la envolvió en ellos mientras ella se retorcía para alejarse de él. Abrazándola firmemente, dijo: "Tengo una idea, puedo quedarme con un amigo de la universidad. De esta forma, tus familias no estarán molestas y sí lo lograremos."

Lisa pensó en la sugerencia de Doug. Ella estaba acostumbrada a manejar el equipo de fútbol con la ayuda de los padres. En el pasado nunca tuvo un novio que estuviera lo suficientemente interesado en sus actividades como para venir o ayudar. Ella repensó su oferta de acompañarla.

"Supongo que eso estará bien. Puedes venir conmigo a los juegos y luego ir a casa de tu amigo."

"Perfecto. Haré los arreglos necesarios."

***

El viernes Doug y Lisa despegaron temprano por la mañana de modo de tener tiempo para que Lisa conociera al amigo de la universidad y a su familia antes de que llegara el equipo. Llegaron a la casa de Kevin y fueron recibidos en la puerta por él y su esposa.

"¡Debes ser Lisa! Por favor, entra." Kevin le estrechó la mano a Doug y le sonrió a Lisa. Doug hizo el resto de las presentaciones.

"Lisa, quiero que conozcas a Kevin y su esposa Amanda."

Amanda abrazó a Lisa.

"Entra y conoce a los niños," dijo Amanda.

Dos niños llegaron corriendo hacia la puerta a toda velocidad. Amanda les gritó: "Despacio, tenemos invitados." Le devolvió la sonrisa a Lisa y Lisa sonrió ante la exasperada expresión en el rostro de la madre. "Este es Colter. Él es mi corredor de diez años, y este es Shane. Shane quiere ser un súper héroe. Tiene siete años."

Lisa siguió a Amanda hacia el interior de la casa mientras Doug y Kevin salían a la terraza. Kevin abrió un asador repleto de costillas. El olor a madera de cedro llenó el aire. Metió un tenedor en la carne y giró varias piezas. Le ofreció a Doug una infusión. "¿Que pasó? Te aburriste de las mujeres blancas."

Doug se rió. "Hay una historia detrás de nuestro encuentro."

"¿Sí? ¿Y como es la historia? ¿Los dos quedaron varados en una isla desierta y ella era la única mujer disponible? Escuché que las mujeres negras eran exóticas."

Doug se rió. "La historia corta es que me acerqué a ella por una apuesta que perdí. La versión larga es que ella ha estado conmigo desde que nos conocimos."

"Entonces, ¿tenemos una relación de amo - esclavo aquí? Debes ser el esclavo porque desde que te conocí, eres el amo en toda relación."

Doug forzó una sonrisa en sus labios. "Mira, sé que estás simplemente bromeando, pero realmente amo a Lisa. El destino nos unió y hay bastantes fanáticos que salen del bosque a talar leña tratando de separarnos, no necesito que mi buen amigo actúe de la misma manera."

"No quise decir ... por supuesto que estoy feliz por ti, hombre. Ella parece ser una gran mujer."

"Realmente lo es."

Kevin le dio a Doug una palmada en el hombro y Doug hizo todo lo posible para dejar atrás el momento incómodo.

"Entonces la boda será en febrero —"

"Sí"

"No me la perdería, hombre."

***

Lisa y Amanda recorrieron la casa y los niños siguieron a su madre hablando por encima de su conversación con Lisa.

"¿Según entiendo tu y Doug van a casarse?"

"La boda será en febrero. Nos encantaría que vengan." dijo Lisa.

"¡Vas a casarte con el tipo de la planta baja!" Los ojos de Colter se abrieron como platos mientras quedaba boquiabierto.

Lisa sonrió con indulgencia. "Si, Doug y yo vamos a casarnos. ¿Te gustan los deportes?"

Colter sonrió al convertirse en el centro de atención. "Juego al basquet y al fútbol americano. Mi hermano juega fútbol."

Lisa le dijo a Colter, "Yo soy entrenadora en un equipo de fútbol. Por eso estamos aquí este fin de semana."

Shane intervino "En serio, yo adoro el fútbol. Deja que te muestre mi habitación."

Lisa siguió a Shane hacia su habitación y vio todos sus dibujos.

Lisa preguntó "¿Quieres venir y ver a mis chicas jugar este fin de semana?"

Shane contestó, "¡Seguro! ¿Mamá, podemos ir?"

Amanda se rió, "Consultaremos a tu padre."

El recorrido por la casa terminó en la cocina.

Amanda preparó un almuerzo tardío mientras Doug y Kevin traían la carne del asador. Como guarnición para el pollo y las costillas asadas había hecho frijoles horneados, judías verdes, maíz y pan de maíz.

Lisa estaba agradecida porque Kevin y Amanda comían comida normal ya que aquella tarde no se encontraba de humor para venado.

"Viva Auburn!" dijo Kevin.

"Vivan los Tigers!" dijo Doug con una sonrisa.

Lisa miró a Doug percatándose de que el debía ser realmente un buen abogado. En la casa de sus padres había expresado preferencia por los *Bulldogs* y aquí lo hacía por los *Tigers*. Doug sonrió y le guiñó el ojo.

"¿Eres fanática de Auburn o de Alabama?" Kevin le preguntó a Lisa.

"Fui a UNC asique soy ACC y no SEC. No me inclino por los perros ni los tigres. Jugué fútbol. Mi familia prefiere a los UGA."

Kevin asintió y Amanda habló. "Yo fui a Ole Miss. Tengo algunos recuerdos maravillosos. Aun sigo en contacto con la hermandad."

"Para mi el fútbol fue mi hermandad. No tenía tiempo para ninguna otra cosa." Lisa echó una mirada a su reloj y se dio cuenta de que se estaba haciendo tarde. Doug captó la indirecta y se apartó de la mesa. Lisa presentó sus excusas. "Mis jugadoras de fútbol estarán llegando al hotel pronto asique necesito partir."

"No hay problema, Lisa. Fue fantástico conocerte" dijo Amanda, dándole un abrazo de despedida.

Doug sonrió, "Estaré de regreso después de dejar a Lisa en el hotel."

Capítulo 21

El sábado Doug se levantó temprano para llegar al hotel. Entró al vestíbulo y vio a Lisa desayunando con su equipo. Sonrió, observando como ella manejaba a los padres, acorralaba a las chicas manteniendo a todos encaminados mientras ella permanecía calma. Sabía que no debía acercársele mientras ella le daba a las chicas sus instrucciones y expectativas para el juego.

Lisa se dio cuenta de su presencia cuando sus ojos se encontraron momentáneamente. Dejó ir a las chicas unos minutos más tarde. Doug estaba hablando con Miranda, una de las mamás del equipo, cuando Lisa se le acercó.

"¿Estas listo para partir?"

"Si."

"April and Corky vienen con nosotros."

"Haré espacio para ellas." Doug se apartó a toda prisa para llegar a hacer el espacio en el auto para las jugadoras de fútbol. Ellas llegaron justo cuando estaba terminando.

April and Corky lo saludaron, "Hola señor Doug."

"Hola señoritas."

Las chicas subieron al asiento trasero para viajar hacia el campo. De camino charlaron entre ellas mientras Lisa estaba ocupada dándole instrucciones a Doug.

Corky interrumpió. "Señor Doug, ¿practica Usted algún deporte?"

El contestó. "Tenis. Aunque también jugué al fútbol cuando iba al colegio."

April preguntó, "¿Y como conoció a nuestra entrenadora?"

Doug y Lisa procedieron a contar la historia juntos. Cuando terminaron, estaban en el campo. Doug y las jugadoras arreglaron todo y el se excusó para que Lisa pudiera entrenar a su equipo.

El juego se puso en marcha y Doug se sentó con los padres del equipo de Lisa. Ellos estaban acostumbrados a ver a Doug en casi todos los juegos.

Para cuando llegó el medio tiempo, ninguno de los equipos había marcado.

Durante el segundo tiempo, Corky sufrió un duro agarrón y cayó al campo. Lisa fue llamada para ir a buscarla y Doug corrió al campo para ayudar. Doug y otra jugadora sacaron a Corky del campo y Doug revisó el tobillo de la niña mientras

Lisa hacía la sustitución. El árbitro continuó el juego y Lisa volteó hacia Doug sobre la línea lateral. "¿Cómo está ella?"

Doug levantó su cabeza para darle una respuesta a Lisa.

"Creo que será un mal hematoma pero no un esguince. Voy a aguardar para ver si hay hinchazón. Esperaré unos minutos antes de pedirle que se ponga de pie y le dé más peso."

"Bien. Mantenme al tanto, ¿si?"

"No hay problema, Lisa."

Lisa volvió al juego.

Doug ayudó a Corky a pararse y ella pudo trasladar algo de peso a su pierna. El le pidió que volviera a sentarse para que pudiera colocarle más hielo.

"Pensé que eras abogado. ¿Como es que sabes tanto de medicina?" preguntó Corky.

Doug contestó, "En realidad fui a la facultad de medicina y decidí no ejercer. Fui a la facultad de derecho después de eso."

"¿Fuiste a la facultad de leyes y de medicina? Debes ser realmente inteligente." Corky estaba impresionada.

Doug contestó, "No señora, solo indeciso," y Corky rió.

Corky se levantó de un salto. Doug la atrapó cuando ella gritó de dolor por su movimiento repentino inspirado por los vítores de la multitud. Se giró para mirar el campo. Varios miembros del equipo de Lisa saltaban abrazados.

"¿Que pasó?" le preguntó a Corky.

"April acaba de hacer un gol. Me olvidé de mi rodilla. El salto dolió."

Veinte minutos más tarde, el equipo logró su primera victoria del fin de semana.

El próximo juego sería en cinco horas y el equipo necesitaba descansar entre los juegos. Decidieron comer en un centro comercial para poder descansar. Corky pudo caminar, pero lo hizo con cautela.

Doug y Lisa se quedaron con los padres mientras las chicas paseaban por el centro comercial. Lisa les indicó la hora a la que tenían que regresar y se dirigió al baño. Se le acercó una de las mamás.

Vanessa dijo, "Doug no se aparta de tu lado. Está en todas las prácticas y en todos los juegos. Es muy atento hacia vos. Eres muy afortunada."

"Gracias. El quiere asegurarse de que no levante nada pesado."

Vanessa preguntó, "¿Por qué? ¿Estás embarazada?"

Lisa volteó hacia la mamá para responder. "Sí lo estoy. No quería revelarle eso a las chicas porque no quiero dar un mal ejemplo. Creo que la mayoría de ellas lo han adivinado, pero esa no es la razón por la que nos casamos. sucedió la noche en que nos habíamos comprometido."

Vanessa dijo: "Bueno, felicitaciones por ambas noticias". Vanessa se volvió hacia el fregadero para lavarse las manos, cambiando fácilmente de tema ahora que el chisme estaba fuera del camino. "Sabes que Tracy no está contenta con el tiempo de juego de sus hijas. Probablemente estén buscando otro equipo el año que viene."

"Lo entiendo. Es difícil ser arquera sin mucho tiempo de juego. Veremos qué sucede en la primavera ."

Capítulo 22

Doug y Lisa llegaron al campo para el segundo juego.

Después de ayudar a Lisa a acondicionar el campo, el se dirigió a las gradas y se sentó al lado de uno de los padres.

"Soy Matt. El papá de Dana. No nos han presentado formalmente antes."

"Yo soy Doug, el prometido de Lisa."

"¿Será ella la entrenadora durante la primavera del año que viene?"

"Estoy seguro que si." Doug contestó con confianza. "No estoy seguro de si lo será durante el otoño. Esa será una decisión que tendrá que tomar ella."

"Escuché sobre el bebé. Felicitaciones. ¿Nos tendrá al tanto en primavera? Algunos de los padres quieren saber. Están considerando buscar otro equipo si ella no será la entrenadora."

"Estoy seguro de que ella los tendrá al tanto. Le contaré sobre sus preocupaciones."

El silbato sonó y el juego comenzó. Doug observaba atentamente a Lisa. Ella no estaba tan activa como durante el primer encuentro. Tomó asiento y dirigió desde las líneas laterales en lugar de su habitual trote hacia arriba y abajo del campo. Doug sabía que si se acercaba a ella durante el juego, ella se enojaría. El medio tiempo también fue un no-no ya que ella le estuvo dando instrucciones a su equipo. Esto no evitó que Doug se preocupara por su salud.

Las chicas ganaron su segundo partido 2-0. Los padres y el equipo estaban muy felices. Doug corrió hacia las líneas laterales y le llevó una bebida a su prometida. La apartó a un lado cuando pudo liberarla del equipo.

"Lisa, bebe esto. Te estás deteriorando rápidamente."

Lisa miró a Doug y supo que él tenía razón. Se sintió algo mareada y todo se volvió un poco borroso. Él notó que ella se tambaleaba y la apremió a tomar asiento. Le dio una bebida deportiva y la animó a tomarla de a pequeños sorbos. Dana se dio cuenta de que la entrenadora parecía ruborizada y le llevó una toalla fría y Doug se la aplicó a la parte posterior del cuello.

"Lisa, mírame. ¿Como te sientes?'

"Un poco débil, Doug. Gracias por cuidarme Estoy muy contenta de que estés aquí."

"Nos tomaremos unos minutos e iremos al auto. Tienes que descansar. Hoy te pasaste."

"De acuerdo, Doug."

Transcurridos quince minutos, Lisa estuvo lo suficientemente compuesta como para caminar hacia el auto. Doug reclinó el asiento para que ella pudiera recostarse y relajarse. Vanessa estaba cerca y Doug habló brevemente con ella.

"La llevaré de vuelta al hotel para que descanse. Los tendré al tanto sobre como sigue."

En el viaje de regreso al hotel, Doug guardó silencio sobre sus preocupaciones. Lisa tenía una voluntad muy fuerte y cualquier cosa que dijera podía causar una discusión importante. Quería que descansara y cuidara al bebé y no que se irritara porque él le decía que tenía que cuidarse mejor.

"Sé lo que vas a decir", suspiró Lisa y giró la cabeza de un lado a otro. De repente, sintió náuseas. "¡Doug, detente rápido!"

Doug encontró un lugar para apartarse en forma segura de la carretera. Lisa salió del auto rápidamente y vomitó todo el contenido de su estómago. Doug tomó algunas toallas y agua y corrió a su lado. Cuando terminó, la tomó en sus brazos y la animó a tomar unos sorbos de agua.

"¿Estas bien?"

"Estoy bien, Doug. Solo es un poco de náusea matutina. Tengo que volver al equipo. Ellos me necesitan."

"Lisa, yo te necesito. Tienes que bajar un cambio. El equipo está bien. Si quieres verlos más tarde para la cena, entonces debes descansar un poco. Prométeme que harás eso ".

"Doug"

"No aceptaré un no por respuesta. Quiero que te vayas directamente a la cama cuando regresemos al hotel. Vámonos."

Regresaron al auto y se fueron al hotel. Lisa estaba demasiado cansada para discutir. A Doug realmente le preocupaba que Lisa fuera demasiado terca como para tomarse las cosas con calma. Tendría dificultades para hacerla reconocer que tenía que hacer cambios temporales en su estilo de vida para el bien de su bebé.

Algunos de los padres estaban esperando en el vestíbulo cuando Lisa llegó junto a Doug. Ella caminó hacia el grupo con Doug siguiéndole los pasos.

"Voy a subir a descansar un rato. Nos podemos encontrar aquí en el lobby alrededor de las 7:00 p.m. para salir a cenar No quiero que las chicas coman demasiado tarde."

Los padres asintieron y estuvieron de acuerdo con su anuncio. Ella miró a Doug y le dedicó una débil sonrisa. "Te veré para la cena. Voy a descansar."

Doug besó a Lisa en la mejilla, "Cuídate, Lisa".

Capítulo 23

Doug esperó en el vestíbulo mientras Lisa descansaba para la cena. Trajo su revista de *Wall Street* y había empezado a leerla. Estaba por la mitad de un artículo cuando fue interrumpido por un rostro que le parecía haber visto en el equipo.

"Soy Ted. El papá de Maria. ¿Puedo acompañarte?"

Bajando su periódico Doug gesticuló para que Ted tomara asiento.

"Entonces, ¿cuando será la boda?"

"A principios de febrero".

"Va a dirigir Lisa los entrenamientos el año que viene?"

Doug notó que esta era la segunda vez que la pregunta salía a relucir. Debía ser realmente importante para los padres. "¿Le has preguntado a ella?"

"No, no sabíamos si tu la dejarías dirigir con el bebé en camino."

Los ojos de Doug centellearon mientras reflexionaba sobre la respuesta de Ted. Ellos no habían hablado sobre como seguirían los entrenamientos de Lisa después de la llegada del bebé. El se percató de que esa sería una conversación clave. Además de todas sus actividades Lisa tendría que hacerse tiempo para el bebé. ¿A que tendría que renunciar? "Lo estamos conversando. Ella les contará su decisión cuando el momento llegue."

Unos momentos más tarde, Doug vio a Lisa saliendo del ascensor al tiempo que un hombre se le aproximaba. Doug se excusó para acercarse a Lisa para ver si ella necesitaba de su ayuda.

Lisa fue sorprendida por el hombre que se le acercó. Era un hombre afroamericano y aparentemente quería que Lisa le diera indicaciones para llegar a un restaurante local. Para entonces Doug estaba parado justo detrás de Lisa.

El hombre le preguntó a Lisa, "¿Estás con el?"

Lisa volteó su cabeza para mirar a Doug , "Si señor, lo estoy".

"Rayos *sistah*, ya veo como es. Te dejaré con eso", el hombre se alejó caminando.

***

El equipo llegó al Chili a las 7:15 pm. Todas las jugadoras se sentaron en una mesa y todos los padres junto con Lisa y Doug en otra. La camarera fue particularmente amable con Doug. Doug no se percató, pero Lisa si.

Ella le susurró, "Nuestra camarera está coqueteando con vos."

"No me di cuenta," dijo el.

La camarera regresó varias veces para ver si el grupo necesitaba algo más. Lisa observó a la camarera volver a la cocina. Se reía junto a otras dos camareras. Lisa sacudió la cabeza.

Ted dijo, "Lisa, creo que a la camarera le agrada Doug. Es mejor que tengas cuidado."

Lisa contestó, "Todo está bien. Doug no quiere ser abandonado en Alabama." Todos en la mesa, incluyendo a Doug, se rieron.

"Lisa no está bromeando; ella si me dejaría aquí. Tendría que vagabundear para volver a casa."

Vanessa preguntó, "¿Cómo marchan los planes para el casamiento?"

"Mi mamá, mi hermana y Doug están en todos los detalles. A mi se me instruyó aparecerme con mi vestido."

"No quiero que Lisa se estrese, ya tiene suficiente de que preocuparse."

La camarera volvió para revisar la mesa. Lisa decidió divertirse un poco.

"¿Sabías que el está por casarse?"

La camarera lució algo decepcionada pero se las arregló para felicitarlo. Los padres observaron incrédulos.

"Bueno, ¿donde está tu afortunada novia?"

"Sentada justo a mi lado." Doug señaló a Lisa.

Lisa fulminó a la mujer con una gran sonrisa.

Al concluir la cena las jugadoras se fueron a sus habitaciones a pasar la noche. Era una noche cálida y ventosa.

Doug le pidió a Lisa hacer una breve caminata juntos.

"Lisa, me has dado un buen susto hoy. Realmente quiero que te cuides mejor."

"Doug, estoy bien. Estás exagerando." Lisa estaba exasperada por su comportamiento altivo, pero de algún modo también sabía que el tenía razón. Su cuerpo se estaba ajustando al embarazo y ella pretendía continuar con sus actividades como si no tuviera que hacer ningún cambio.

"No estoy exagerando, Lisa. ¿Podrás por favor confiar en mi? No quiero que nada te pase."

"No es para tanto. Las mujeres se embarazan todo el tiempo. Estaré bien."

"Lisa, esto no es como un partido de fútbol donde te caes y simplemente te vuelves a levantar. Insisto en que bajes un cambio y te cuides mejor."

El tono de Doug se volvió profundo y áspero, provocando la ira de Lisa. "¿Qué estas diciendo? ¿Me estás diciendo que deje los entrenamientos? Porque si eso es lo que dices, vamos a tener un problema, Doug!" gritó Lisa.

"¿Qué vamos a hacer cuando el bebé esté aquí, Lisa? Tendrás que priorizar ser madre. ¿O realmente intentas decirme que tu equipo es más importante que tu bebé? Los padres ya me están preguntando sobre tus planes para la temporada de fútbol del próximo año. Lisa, no puedes comprometerte con nada a largo plazo hasta que el bebé llegue."

"¿Me estás tomando el pelo? Vamos a discutir sobre esto ahora. Tengo un juego que dirigir y con suerte otros dos mañana." Ella levantó las manos y se apartó de él, meneando la cabeza. "Solo vete a la casa de Kevin. Te veré por la mañana."

"Lisa, no —"

"Adiós, Doug." pasó a toda velocidad al lado de Doug y se metió en el hotel.

Doug permaneció inmóvil, sin palabras mientras trataba de darle sentido a la conversación.

***

Lisa fue a la habitación del hotel para ver cómo estaban las chicas con las que compartía el cuarto. Estaban profundamente dormidas, así que bajó las escaleras al vestíbulo para tomarse unos minutos para pensar en su última conversación con Doug.

Llamó a una ex compañera de equipo de fútbol, Courtney, ya que necesitaba hablar con alguien sobre su macho dominante.

"Suena como si estuviera muy atento a ti. ¿Qué tiene eso de malo?"

"Courtney, me gusta mi independencia. Mi vida se está moviendo demasiado rápido."

"No es tu vida lo que se mueve demasiado rápido, Lisa, eres tú. Te estás moviendo demasiado rápido y ahora mismo necesitas disminuir la velocidad. Ya es tarde. Estás embarazada con las emociones a flor de piel. Mañana tienes que dirigir partidos importantes y necesitas descansar un poco.

Sé que estás enojada ahora, pero él te ama, y le importás mucho."

Lisa rió un poco, odiando las lágrimas que rodaron por su mejilla ante las palabras de su amiga.

"Olvídate del tema por ahora y duerme un poco" Courtney hizo una pausa, "¡Además, tengo que cortar antes de tener problemas con Doug aún antes de conocerlo!"

Lisa se rió mientras colgaba el teléfono.

Courtney era una de sus mejores amigas y sabía cómo mostrarle el lado más amable de la vida.

Estaba muy contenta de haberla llamado aquella noche.

Respiró hondo y regresó a su habitación para dormir.

Capítulo 24

Doug durmió inquieto aquella noche pensando en su pelea con Lisa. La misma naturaleza ardiente que lo atraía hacia ella era también lo que podría separarlos. Lisa estaba determinada a mantener su paso constante sin permitirse conectarse con los grandes cambios que atravesaba su cuerpo. De alguna manera él tenía que lograr que ella bajara el ritmo.

Lisa tampoco podía dormir bien. Estaba molesta con Doug porque era demasiado exigente y, sin embargo, le importaba tanto su bienestar que él había intentado no interferir con sus deseos. Cuando miró el reloj, eran las 3:00 a.m. Antes de darse cuenta, tenía su teléfono celular en la mano y estaba marcando.

Doug escuchó su teléfono sonar. Al principio se sobresaltó. Encendió la lámpara y revolvió la mesita de noche para quitar su teléfono del cargador. Reconoció el número e inmediatamente pensó que algo andaba mal.

"Lisa, ¿estás bien?" Doug se sentó derecho y se frotó la parte posterior de la cabeza. Comenzó a buscar su ropa para ir a su rescate.

"Estoy bien, Doug. Lamento haberte gritado. No estoy acostumbrada a todo este asunto del embarazo."

"Lo sé. Yo tampoco estoy acostumbrado", contestó él secamente.

"¡Doug!" exclamó ella en un semi grito susurrante.

"Estoy bromeando Lisa. Relájate. Estas atravesando algunos cambios hormonales. Todo esto es normal."

"¿Y tu como lo sabrías? Bueno, no importa. Me olvidé del asunto de la escuela de medicina. Espero que actúes como mi prometido y no como mi médico."

"Lo sé. No puedo evitarlo. Por favor baja el ritmo y cuida a nuestro bebé. No quiero que nada te pase."

Lisa se recostó en su cama. "Todo pasó tan rápido, ¿sabes? Creo que lo digo seguido, pero... "

"Estoy aquí. Estamos juntos en esto."

"Estoy taaaan cansada. Esto es demasiado."

"No puedes hacer esto sola y yo no te lo permitiré. Solo escúchame. No te diré nada que te dañe."

"No más por esta noche. Te hablaré por la mañana. Buenas noches."

"Buenas noches Lisa."

Capítulo 25

El domingo por la mañana Doug llegó temprano para llevar a Lisa al juego. Ella estaba desayunando con su equipo y tenía un asiento vacío a su lado. Al levantar la vista vio a Doug entrar al vestíbulo y lo saludó agitando la mano. Él la besó en la mejilla y tomó asiento a su lado.

Las chicas ya estaban acostumbradas a que su entrenadora recibiera muestras de cariño de su prometido. Aun se reían un poco y Lisa se sentía ligeramente avergonzada, pero de cualquier forma sonreía.

Con Doug su mundo estaba en orden.

***

El partido de fútbol matutino fue exitoso.

El equipo ganó en su grupo y tenía programado el partido por el campeonato para las 2 p.m. Kevin y su familia pudieron venir al juego que definía el campeonato y se sentaron junto a Doug. No hubo goles en el primer tiempo así que durante el medio tiempo Kevin y Doug dieron un paseo.

"Noté que no te gusta apartarte de Lisa. Estás siempre a su lado."

"Simplemente no quiero que nada le pase."

"¿Como si le pasó a Tiffany?"

Doug respiró profundamente mientras reflexionaba sobre su relación con Tiffany. La conoció mientras ambos cursaban la materia de biología en la universidad. A medida que aumentó su amistad, descubrieron que ambos aspiraban a convertirse en médicos. La pasión de Doug era la pediatría y Tiffany aspiraba a practicar obstetricia. Tiffany y Doug planeaban casarse después de terminar la escuela de medicina y tener una casa llena de niños. Habían salido por un año aproximadamente cuando ocurrió el accidente automovilístico. Ella falleció junto a los padres de Doug.

"Tengo que estar al lado de Lisa. No pude estar al lado de Tiffany. Nunca pude despedirme." dijo Doug muy solemnemente.

"Lo que le pasó a Tiffany no le sucederá a Lisa. Debes tener fe en que los dos estarán juntos durante mucho tiempo."

"No puedo evitarlo. Debo asegurarme."

"Aún estoy sorprendido de que te estés casando, Doug. Nunca te he visto tan comprometido."

"No sé qué haría sin Lisa."

Los hombres regresaron al juego que ya había arrancado.

El equipo de Lisa llevaba un gol de ventaja. Cuando sonó el silbato final, su equipo se quedó con el título del campeonato comenzando las celebraciones de la victoria.

Capítulo 26

Lisa trabajó hasta tarde el día que tenía su cita con el médico. Doug había sacado el turno para asegurarse de que Lisa tomara las vitaminas adecuadas para el embarazo. Con la prescripción en mano, ella salió de la oficina dirigiéndose a la farmacia que estaba no muy lejos del consultorio del doctor.

Mientras Lisa estacionaba el auto sonó su celular. Rebuscó en su cartera y finalmente dio con él.

Una llamada perdida de Doug.

"Oh, ¿qué es lo que quiere ahora?" se dijo ella. "Para preocuparse por mí y por el embarazo es peor que mi madre."

Suspiró y marcó para devolverle la llamada.

"¿Doug?" dijo cuándo el teléfono hizo clic.

"¿Cómo te fue en el turno?"

"Bien, Doug. Tengo que volver el mes que viene. ¿No tienes trabajo que hacer?"

"No te entretendré, Lisa. ¿Te ha recetado alguna cosa?"

"Si. Debo irme. Estoy en la farmacia. Te veré por la tarde."

Exasperada, Lisa volvió a meter su teléfono en la cartera y entró a la tienda. Cuando se acercó hacia la farmacia, la farmacéutica le pareció familiar. Tenía una bata de laboratorio blanca y cabello pelirrojo oscuro. La farmacéutica estaba hablando con un cliente en un tono quejumbroso y nasal. Lisa volvió a pensar en la semana que estuvo en la casa de Doug y él había tenido una visitante inesperada.

Lisa estaba en la caja registradora cuando la farmacéutica giró hacia ella. La etiqueta del nombre rezaba: "Debbie". Lisa finalmente hizo la conexión y se alejó del mostrador para hacer sus compras en otro sitio, pero la farmacéutica ya la estaba llamando.

"¿Señora? ¿Puedo ayudarla?"

"Iré con mis recetas a otro lado." respondió girando de talones para caminar por el pasillo y salir de la tienda.

Se apresuró, pero la farmacéutica la alcanzó antes de que ella llegara a la puerta.

"¿Acaso no eres la mucama de Doug Bader?"

Lisa frunció el ceño y su nariz llameó. Sintió una repentina oleada de gotas de sudor en toda su cara. Gruñó en voz baja y enojada. "No, no soy su mucama, soy su prometida".

"Este, ninguna mujer ha logrado atrapar a Doug Bader. Eres una mucama que se enamoró de su jefe."

"Quítate de mi camino y regresa a tu trabajo antes de que yo llame a tu gerente y te quedes sin empleo." gritó Lisa. "Llevaré este asunto con mi abogado, creo que ya sabrás de quien se trata."

Debbie pasó rozando a Lisa y regresó a la farmacia. Lisa salió por la puerta y casi arrancó la manija de su auto, olvidándose que tenía que poner las llaves primero.

Condujo a casa enojada, olvidándose de pasar por otra farmacia.

"Estúpidas hormonas".

***

Doug miró su teléfono celular mientras tenía dos llamadas entrantes. Reconoció el número de Debbie y dejó que fuera a su correo de voz. La segunda llamada era de Lisa. Doug atendió sin esperarse lo que escuchó.

"Doug, si alguna vez vuelvo a ver a esa mujer..."

Lisa seguía gritando mientras Doug intentaba que ella lo escuchara. "Lisa cálmate. ¿Qué está pasando?"

"¡Debbie!" Lisa procedió a contarle a Doug sobre el incidente con voz llena de enojo y hablando realmente muy rápido. Doug intentó conversar, pero desistió al darse cuenta de que ella necesitaba desahogarse. Cuando se calmó, Doug comenzó la conversación cuidadosamente.

"¿Estás bien?"

"Si, estoy bien."

"Necesito que te tranquilices. No quiero que estés enojada. Podrías perder a nuestro bebé. Quiero que vuelvas a casa y te veré ahí."

"No, no iré a casa. Iré a ver una película con mi hermana."

Doug exhaló al teléfono sin saber que ofrecerle de modo de no provocar más ira. "Te veré en casa después de la película y asegúrate de comprar lo que te prescribió el médico."

"¿Estás diciéndome que hacer de vuelta? Me quedaré paseando tanto como yo quiera...". Doug alejó el teléfono de su oído deseando no haber dicho nada. Tras aguardar por una pausa que eventualmente llegó, con gentileza le recordó sus planes para la tarde. "Me tomarán medidas para mi esmoquin. Acortaré la velada si eso es lo que deseas."

Lisa suspiró. "No, solo ve y encárgate del asunto. Estaré bien." Lisa colgó y Doug permaneció sentado mirando estoicamente la pantalla negra de su teléfono.

Eran las hormonas, él lo sabía, pero ella estaba enojada y él no podía culparla.

Capítulo 27

Doug, Greg, Harold, Todd y el hijo de Todd, Rhett, el portador del anillo, iban a reunirse en el centro comercial para tomar las medidas para sus smokings. Aunque Doug y Todd habían cruzado unas cuantas palabras, a su manera habían hecho las pases para que Todd y su familia pudieran participar del gran día. Bruce ya había enviado sus medidas a la tienda y recogería su esmoquin al llegar a la ciudad.

Cuando llegaron Doug saludó a Harold y a Greg aprovechando para hacer planes para la cena mientras esperaban a Todd y a Rhett.

Todd y Rhett llegaron sin aliento. Doug pasó su brazo alrededor del hombro de Rhett en señal de camaradería.

Todd dijo, "Lamento llegar tarde. El tráfico estuvo pesado. Estoy listo para mi parte."

Doug extendió su mano hacia su hermano, "Estoy feliz de que ambos estén aquí. Vayamos a que nos tomen las medidas."

Condujo a su sobrino a la tienda para alistar sus esmóquines y sus padrinos de boda lo siguieron. Doug había seleccionado el suyo hacía ya algunas semanas, pero aún necesitaba tomar sus medidas finales.

Greg se rió entre dientes mientras Doug gruñía ante el pinchazo de un alfiler en su pierna. "Apuesto a que Lisa ha estado estresada planeando una boda y estando embarazada. ¿Cuántas veces te ha gritado?"

Doug se rió. "¿Cómo sabes que está estresada?"

"Es una *sistah*, es lo normal. Acostúmbrate a ello." Dijo Greg en tono de broma. "Traté de advertírtelo. Las *sisthas* son duras de roer."

"Bueno, no la querría a Lisa de ninguna otra manera." Doug sonrió y luego siseó cuando otra aguja lo pinchó y el hombre que le tomaba las medidas le dijo a Doug que se quedara quieto. "¿Adivina quién intentó llamarme hoy?"

Greg se rió, "¿Quieres decir que estás empezando a recibir llamadas otra vez? Es muy tarde ahora. ¿Dónde estaba ella hace un par de meses?"

"Con esta yo no volvería a salir. Era la psico Debbie."

Harold dijo: "Puede que tengas que obtener una orden de restricción para ella. ¿Crees que sabe que te vas a casar?"

Doug respondió: "Esa fue la llamada telefónica de Lisa. Lisa estaba en la farmacia donde trabaja Debbie y tuvieron una discusión."

"Caray", dijo Greg. "Me sorprende que no estés en el condado recogiendo a Lisa. Una furiosa mujer embarazada negra no es asunto de juegos."

"Me estoy dando cuenta de eso", dijo Doug con exasperación. "Puede que tenga que aumentar mi stock de *Grey Goose*." Greg levantó su mano para chocarle la palma.

Doug resopló, "¿Alguno de ustedes conoce a un soltero que no le agrade? Podríamos presentarlos."

Harold contestó, "No conozco a nadie a quien odie lo suficiente."

Todd respondió, "Podría presentarle a mi vecino. Acaba de divorciarse y necesita una novia."

"Asumo que no te agrada tu vecino."

Todd entrecruzó sus brazos con una sonrisa malvada, "No-no."

Doug, Greg y Harold se rieron. Los hombres terminaron con las pruebas de sus trajes de etiqueta y decidieron ir a un bar deportivo para cenar. Todd y Rhett tenían que volver a casa para estar con

Alice, asique se despidieron fuera de la tienda de esmoquin y partieron por caminos separados.

Greg llevó a todos al restaurante en auto y una vez sentados pidieron bebidas.

Doug iba por su tercer vodka martini cuando llegó la comida.

"Es mejor que bajes el ritmo. Si algo te pasa, Lisa nos matará a todos," dijo Harold.

"Está todo bien, Harold."

Greg intervino, "Estoy con Harold. Tienes un bebé en camino. La vida es diferente para ti ahora. Si quieres los números cuatro y cinco, tendrás que beberlos en casa."

"Entonces Lisa me mataría", dijo sombrío Doug. "Eso me recuerda que tendré que abastecerme de aguardiente de menta."

Harold dijo: "Imagínate eso, un abogado tratando de vencer al sistema."

"Necesito llamar a Lisa para ver si ha vuelto a casa."

Greg dijo "Yo no lo haría si fuera tú. A menos que desees que te grite. Estaremos aquí otra hora. Deja que tu comida se digiera y el alcohol desaparezca."

"Si, podemos hacer eso."

Greg cambió de tema. "Entonces, ¿vivir con una *sistah* es lo que esperabas?"

"No sé lo que esperaba", respondió Doug. "Es como vivir con cualquier otra mujer. Ella tiene muchas cosas, y es temperamental y obstinada. Lo único que no he visto son las cosas con alas y eso es porque está embarazada."

Harold preguntó, "¿Lamentas haberle pedido que se casaran?"

Doug sonrió, "No. Era el momento justo y ella la indicada."

***

Cuando Doug llegó a su casa subió las escaleras encontrando a su bella durmiendo entre fuertes ronquidos. Él rió mientras ella echó un ligero resoplido mientras abría la boca para buscar aire. Tras quitarse la ropa hasta quedarse en calzones se sentó a su lado.

Doug frotó suavemente el brazo de Lisa y le acarició su firme abdomen y los pezones hinchados. El sueño profundo de Lisa ahora era superficial y los ronquidos se suavizaron. Sintió la mano de ella buscar la punta de sus dedos colocándolos entre sus muslos.

"Alguien está despierta." susurró Doug.

"Lo estoy. Pensé que me llamarías antes de salir del restaurante."

"Estaba cenando con Greg y Harold. Nos entretuvimos conversando."

"¿Cuantas?"

"¿Qué?"

"Doug. No juegues conmigo. ¿Cuantas?"

"Lisa, ¿por qué no descansas un poco?"

"No, Doug, ¿cuantas copas? Estoy siguiendo una estricta dieta que has diseñado. Tú también tienes que seguirla."

"No estoy embarazado." susurró él con sarcasmo.

"Yo si lo estoy. ¿Cuantas tomaste?" lo regañó ella.

"Tres." dijo Doug con reluctancia.

Lisa negó con la cabeza y se apartó del toque de Doug. "Buenas noches, Doug". Se acurrucó en las mantas y Doug se recostó contra su almohada.

Doug sabía que su forma de beber sería un tema de discusión. Secretamente, estaba contento de que Greg le haya impedido que tomara más.

Capítulo 28

Eran las 4:00 a.m. cuando Lisa se despertó de un profundo sueño. Tenía el estómago revuelto y sus intestinos bajos se sentían acalambrados. Las náuseas la golpearon con fuerza y ella saltó de la cama y corrió al baño. Inclinándose sobre la taza del inodoro, arrojó el contenido de la cena de la noche anterior.

Los sonidos rápidamente despertaron a Doug quien corrió para estar a su lado. Abrió el grifo y empapó una toalla con agua fría. Lisa se sentó frente al tazón con lágrimas en los ojos.

Doug se sentó junto a ella y pasó la toalla mojada sobre su acalorado rostro. Ella todavía estaba aturdida y parpadeaba en silencio mientras él le susurraba.

"¿Estás bien, Lisa?"

Ella respiró hondo y lo miró a los ojos. "Te mataré cuando esto termine."

Doug sonrió, "Esa es mi chica. Una luchadora hasta el final. ¿Te das cuenta de que estás amenazando a un abogado?"

Lisa levantó sus manos y enterró su rostro en ellas. Sabía que aún estaba cansada y necesitaba más descanso. Suspiró y luego comenzó a sollozar.

"Lisa, detente. Todo está bien." Doug la ayudó a levantarse y la envolvió en sus brazos. La sintió temblar mientras intentaba recomponerse. Besó el costado de su mejilla saboreando suavemente las lágrimas saladas que corrían por su rostro.

Ella lo abrazó con fuerza tomando respiraciones profundas para calmarse.

Regresaron a la cama y pasaron el resto de la noche acurrucados. Los pensamientos de Lisa fueron a la deriva mientras ella se preguntaba cómo manejaría todo lo que la vida le había puesto sobre sus hombros en cuestión de semanas. Tenía mucho que hacer durante las vacaciones incluyendo las compras, el trabajo, las citas médicas y la boda. Estaba agradecida de tener un descanso del fútbol para manejar todas sus otras actividades.

Doug deslizó sus dedos sobre el abdomen y los pechos hinchados de Lisa. Estaba preocupado por ella y sus numerosas ocupaciones. Había insistido en que ella siguiera su dieta y disminuyera el ritmo por el bien de su salud y la del bebé. Tenía la esperanza de que lo escuchara.

"Doug", susurró ella, "me alegra que estés aquí", logró esbozar una pequeña sonrisa, "pero todavía voy a matarte."

Doug dejó de acariciar su brazo y le susurró: "No, no lo harás". Mi hijo necesita a su padre".

"¿Cómo sabes que es un niño? Esta podría ser tu hija."

Doug se rió. "Es un niño. Estamos en problemas si resulta ser tan terco como tú."

"No soy terca."

"Duerme un poco. Ambos tenemos que ir a trabajar por la mañana y tenemos una tarde extensa por delante."

Lisa giró para besar a Doug suavemente en los labios. "Buenas noches."

Capítulo 29

Era temprano por la noche cuando Doug y Lisa llegaron a la granja de árboles navideños de Tommy. Doug tomó prestada la camioneta de su hermano para poder llevarlo a casa. Su padre solía llevar a la familia a buscar un árbol después del Día de Acción de Gracias.

Doug siempre quería el árbol más grande para poder ponerle muchos adornos.

La familia de Lisa estaba acostumbrada a tener un árbol de plástico. Su mamá y su papá lo guardaban en el ático hasta la llegada de la Navidad. Su papá armaba el árbol y ella lo decoraba junto a su mamá y a Terri. Este era su primer año con su nuevo prometido e iban a decorar el árbol juntos.

A principios de la semana, Doug y Lisa decidieron conseguir nuevos adornos para poder comenzar su vida juntos con nuevas tradiciones. La Navidad siguiente el bebé traería aún más alegría. Mientras caminaban por los terrenos en busca del árbol perfecto, reconocieron a alguien que ambos conocían.

"Hola señora Potts. ¿Cómo está?" dijo Lisa. La abrazó y le sonrió.

La señora Potts reconoció a Doug y les sonrió a ambos. "Estoy alegre de verlos. Extraño tenerte en el edificio, Lisa, pero estoy realmente feliz de que se hayan encontrado el uno al otro."

Doug sonrió y también le dio un abrazo.

"Se lo ve algo desaliñado, Sr. Bader. No recuerdo que tuviera barba y bigote."

Doug se rió. "No tengo tiempo para afeitarme. Además es invierno y esto me da abrigo."

"No la hemos visto desde la mudanza. Nos vamos a casar en febrero ", dijo Lisa. "Le enviaré una invitación. Espero que pueda venir."

"Ahí estaré. Le pediré a mi hijo que me lleve."

Después de que la Sra. Potts se fuera, Doug y Lisa seleccionaron un árbol. Fue necesario que varios hombres se prestaran para cargarlo en la camioneta.

Lisa los observó esforzándose y se preguntó si también irían a su casa para ayudar a descargarlo. "¿Cómo vas a meter el árbol en la casa, Doug?"

"Arreglé con Greg, se reunirá con nosotros en casa. Volveré a llamarlo para avisarle que estamos en camino."

"Tal vez también deberías llamar a alguien más."

***

Greg estaba en la casa cuando llegaron Doug y Lisa. Greg y Doug lucharon por inclinar el árbol en el vestíbulo mientras Lisa los dirigía desde el interior de la casa.

El destino final era la sala de estar, y con muchas risas y no pocos insultos, los hombres lograron hacer que el árbol se mantuviera de pie, aunque ligeramente torcido hacia la derecha.

"¿Cómo luce?"

"Genial," dijo Lisa, sonriéndole a Doug mientras él se acercaba para abrazarla.

Ella bostezó, "Lo siento, Greg, no puedo quedarme para entretenerte. Voy a subir para descansar un poco. Ha sido un largo día."

Lisa abrazó a Greg y le agradeció por haber venido. Greg miró a Doug, levantando las manos en señal de rendición y haciéndole saber a su amigo que no se metería en su territorio. Doug asintió con la cabeza hacia Greg dándole a entender que estaba todo bien. Lisa salió rápidamente de la habitación.

Greg esperó hasta que ella se fuera y dijo: "¿Qué está tratando de lograr, que me maten?". Se rió entre dientes. "Recuerdo lo que le hiciste al último *brother* que intentó hablar con ella."

Doug se rió. "Vayamos al estudio a tomar algunos tragos. Ella dormirá un buen rato. Podemos ponernos al día."

Doug se preparó su habitual vodka con martini y Greg se sirvió un ron con Coca Cola. Se relajaron en el sofá, encendieron el televisor y comenzaron a pasar por los canales en busca de algo interesante. Doug hizo una pausa cuando vio un flash informativo sobre un joven negro que fue asesinado por agentes de policía.

"Tendrás que preocuparte por estas cosas si llegas a tener un hijo".

Doug miró a Greg con expresión de curiosidad. No entendía de qué estaba hablando Greg. ¿Por qué se preocuparía por su hijo y la policía? Él tendría acceso a casi cualquier cosa que quisiera.

"Por la expresión de tu rostro, esto no es algo en lo que hayas pensado. Tu familia será negra, Doug."

"No tengo ningún problema con eso. Las mujeres blancas son aburridas, Greg. Puedes quedártelas." Doug le guiñó un ojo a Greg mientras trataba de aclarar la situación.

"Ah, eso es cruel. Sales con una *sistah* y te deshaces de tu listín telefónico. Yo no soy tú, Doug. Las sistahs no pueden tenerme."

"Si alguna vez cambias de idea, la que está en el piso de arriba ya está reservada."

Greg se levantó, tomó el vaso de Doug y volvió a llenar los vasos de ambos. Doug tragó saliva mientras Greg volvía a acomodarse en el sofá. "No señor, ella es demasiado picante para mi gusto. Yo preferiría que mi mujer fuera un vaso alto de leche con mucha azúcar."

"¿Traerás a Bambi a mi casa para la Navidad?"

"¡De ninguna manera! Traeré a mi mamá. Ella me patearía el culo. Quiere específicamente una nuera negra. Odio decepcionarla, pero no la va a tener."

"¿Por qué eso le molesta a tu mamá? Yo le agrado."

"Eso es diferente. Tú no eres su único hijo. Ella creció en los días de Jim Crow. Piensa que mi carrera se hundirá si traigo a una mujer blanca conmigo. Ella no comprende que los tiempos han cambiado."

"Aun no entiendo, Greg."

"Ya lo harás. A tu propia manera. Estuviste cerca de mi familia el tiempo suficiente para que te suene esta conversación. Ahora vas a convivir con ello."

Doug recordó que en algunas de las reuniones familiares los temas principales de conversación eran los otros miembros de la familia y las noticias locales. Escuchaban música R&B, recordaban los viejos tiempos y preparaban comidas suculentas para las fiestas. Él siempre disfrutó de la familia de Greg porque era divertido observarlos. Eran muy elocuentes en sus opiniones, discutían y hacían las paces igual de rápido.

Las reuniones de la familia de Doug eran mucho más tranquilas. A menudo comían pavo, caza silvestre, puré de papas, maíz, judías verdes y galletas. Su madre no creía en quedarse todo el día en la cocina y preparaba la comida sureña más ligera. Cuando el negocio de su padre creció su mamá empezó a cocinar más sano. Preparaba carnes magras y contaba calorías. Había tenido sobrepeso y logró adelgazar.

Sus conversaciones familiares eran siempre sobre el negocio. Doug leía muchos libros, por eso siempre tenía algo que aportar a la conversación de la mesa. Su hermano solía estar callado y observaba la conversación familiar.

Desde que murieron sus padres, bueno, las conversaciones se volvieron incluso más silenciosas, sin importar lo que intentara hacer la tía Mona para tornarlas más interesantes.

Doug se levantó tomando el vaso de Greg para servirle el tercer trago.

Greg levantó la palma de su mano para detener a Doug. "No más para mí. Tengo que manejar. El salario de este ejecutivo no aguantaría pagar las multas de tránsito. Es demasiado dinero para tirarlo sin más."

Doug se rió, "Está bien."

"Odio acortar la velada, pero me estoy yendo. Trabajo desde temprano mañana. Volveremos a vernos pronto."

Doug acompañó a Greg hasta la puerta y le deseó las buenas noches a su amigo. Se paró en el vestíbulo reflexionando sobre las últimas semanas. Desde el anuncio de su compromiso, había hablado sobre la raza con más frecuencia de lo que alguna vez pensó que haría. Reflexionó un poco más sobre la declaración de Greg.

"Tu familia será negra."

Capítulo 30

El jueves Doug se quedó trabajando hasta las últimas horas de la tarde. Colgó tras hablar con Lisa para avisarle que llegaría a casa pronto.

Estaba organizando sus papeles cuando Mark Steward se acercó a la puerta.

"Doug, ¿vendrás a la fiesta?"

"Sí, planeo estar allí." Doug hizo una pausa dejando sus papeles levantando la vista cuando Mark tomó asiento. Se reclinó en su silla esperando que se desarrollara el resto de la conversación.

Mark generalmente no se sentaba a menos que tuviera algo que decir.

"Acabo de enterarme de que Kim Parks vendrá a la fiesta, sabes de quién se trata, ¿verdad?"

"Claro, es la que tiene su propia línea de ropa, se casó con un magnate de rap, era una modelo..."

"Si, es ella."

Doug quedó perplejo porque Mark comenzó una conversación sobre una celebridad. "Sí, sé quién es."

"Carol, la sobrina de Whitman, juega tenis con ella e invitó a Kim a la fiesta." Mark se inclinó hacia adelante en su asiento. "Kim pilló a su esposo con otro hombre, Doug, y está buscando al abogado adecuado."

Las orejas de Doug se tornaron coloradas.

Si Kim Parks elegía la firma de Doug para representarla en el divorcio sería una clienta de gran importancia. La publicidad pondría a Whitman Stacks en el mapa.

"Asegúrate de traer a Lisa mañana por la noche. Ella es la imagen correcta para nuestra empresa."

"Lisa no es abogada", respondió Doug.

"Vamos, Doug. Si Kim ve a todos estos viejos jovatos en su traje, se irá corriendo por la puerta. Captura este caso, Doug."

Doug asintió mientras entendía el significado del mensaje de Mark: Lisa era negra, y eso era todo lo que importaba.

***

El viernes por la noche, mientras Lisa y Doug se vestían para la fiesta de la empresa de Doug, Lisa se miró en el espejo y notó como el bebé que llevaba sobresalía ligeramente en su figura.

Había ido de compras el fin de semana anterior para conseguir un vestido que acompañara los cambios en su figura y ahora no estaba segura de haber hecho la elección correcta.

Doug se detuvo para observar a Lisa. Caminó hacia ella y pasó sus brazos alrededor de su cintura, besando el costado de su frente mientras ambos miraban su reflejo en el espejo.

Estaba acostumbrado al contraste en sus tonos de piel. Lisa seguía siendo la belleza deslumbrante que él conoció en un bar durante una salida con sus amigos. El significado de sus encuentros fortuitos produjo un nuevo comienzo para ambos y a un bebé que sellaba su conexión.

"¿Estás casi lista para partir?" le susurró al oído mientras la besaba suavemente.

"Lo estoy", dijo Lisa mientras le apretaba fuertemente las manos alrededor de su abdomen. "Y estaré lista para acostarme con mi prometido cuando volvamos."

"Olvidé mencionarlo, pero Kim Parks estará en la fiesta."

"¡Kim Parks!", gritó ella. "¿Es en serio? No sabía que tu firma tiene clientes famosos."

"No puedo hablar sobre nuestra lista de clientes, pero dado que ella va a estar en la fiesta, pensé contártelo."

"¿Voy a conocerla? Adoro su línea de ropa."

Doug reflexionó sobre su conversación con Mark. Quizás a Lisa no le importaría ayudarlo con su carrera. Representar a una celebridad haría conocido su nombre y posiblemente ayudaría a comenzar su propia práctica. "Me aseguraré de ello."

***

Doug y Lisa llegaron a la fiesta una hora más tarde. Doug le presentó a Lisa a varios de los invitados que él conocía. Lisa se mezcló entre los demás invitados cuando Mark Steward llamó a Doug para una conversación privada.

"Carol está en la limusina con Kim Parks. Estarán aquí en treinta minutos. Serás el niño mimado, Doug, cuando traigas este caso."

"Haré lo mejor que pueda". Doug le guiñó un ojo a Mark.

Mark estaba contento de que Doug estuviera a bordo. "Recuerda, ustedes son nuestra pareja favorita. En nuestra empresa amamos la diversidad."

Una vez que Mark se fue Doug supo que si Lisa descubría que ella era la cara negra de una empresa para la que no trabajaba eso podría ser un desastre. Tendrían que tener una conversación sobre la raza más profunda que las charlas superficiales que habían mantenido.

Mientras Doug seguía reflexionando sobre su conversación con Mark, sintió unos golpecitos en su hombro. Era Debbie, la farmacéutica. Ella era la sobrina de un cliente importante y también una invitada. Doug recordó el enfrentamiento de Debbie con Lisa y quiso deshacerse de ella.

"Hola Doug, no has devuelto ninguna de mis llamadas telefónicas. ¿Tu criada no te ha dicho que pasé por ahí?"

Doug estaba molesto con su presencia, "No devolveré tus llamadas telefónicas. En un par de semanas me voy a casar. "

"¿En serio? No había escuchado eso", dijo Debbie.

Lisa vio a esa farmacéutica psicópata de pie junto a su hombre tratando de hablarle. Se movió rápidamente para pararse justo al lado de Doug y apoyó la cabeza en su hombro, sosteniendo su mano. Doug le dio a su mano un suave apretón, giró su cabeza y presionó sus labios contra los de Lisa.

Los ojos de Debbie se abrieron de par en par ante su exhibición y se fruncieron en total disgusto. "Ustedes están enfermos. Apéguense a los negros y a los blancos. No hay nada malo en estar con su propia gente."

Se fue de un tirón dejando a la pareja mirando conmocionada su veneno.

"No puedo creer que ella haya..."

"No lo sé, Lisa, ella es-"

"¡Debería arrancarle el pelo!"

"¡Lisa!"

Tuvo que luchar para respirar profundamente e ignorar la furia que ardía en su interior.

"No aquí. Ella no es importante. Estoy luciendo a mi bella prometida." Lisa se encogió de hombros pero dejó que Doug la jalara a sus brazos. "Es casi la hora de la cena, así que tenemos que encontrar nuestra mesa."

Capítulo 31

Doug y Lisa fueron ubicados en la mesa del Sr. Whitman. Era muy raro que el Sr. Whitman se sentara con alguien que no fuera socio, por lo que Doug estaba nervioso y Lisa preocupada por la atención que los jefes le mostraban a su hombre.

Lisa miró la tarjeta que estaba a su lado, emocionada de ver que era Kim Parks.

Kim llegó con Carol y ambas estaban charlando mientras se ubicaban junto a la mesa. Lisa echó un vistazo a los invitados alrededor de la habitación y se dio cuenta de que ella y Kim eran las únicas afroamericanas allí.

De repente entendió por qué estaban sentados con el Sr. Whitman.

La firma necesitaba otra cara negra en la mesa y Doug era el único abogado que conocía una.

"Sra. Parks? Estoy encantada de conocerla. Soy Lisa Dunbar, la prometida de Doug Bader ."

Kim sonrió cálidamente y dijo: "Llámame Kim. ¿Eres una abogada aquí?"

"Doug es un abogado especializado en divorcios". Ella lo presentó y Kim asintió.

"Buena elección, *sister*."

Lisa se rió.

Doug fingió no haber escuchado lo que se dijo.

Mark, sentado a la derecha de Doug, se inclinó para susurrarle al oído: "Esto ya tiene buena pinta. Lisa está haciendo un buen trabajo para la empresa."

***

Después de la cena, Doug y Lisa se mezclaron con otros invitados. Harold y Hannah fueron a saludar a la pareja. La tarde había avanzado muy rápido, por lo general se habrían saludado antes. Doug se había inclinado hacia Lisa para un rápido beso cuando la pareja se les acercó.

"Veo que siguen con eso. Creo que toda la empresa vio que la besaste ", dijo Harold en broma.

"Es bueno verte de nuevo, Lisa", dijo Hannah mientras abrazaba a Lisa. "Escuché que estás en la dulce espera. Felicitaciones."

"Gracias." dijo Lisa sonriendo, alejándose del abrazo de Hannah al instante. "Enseguida regresaré para charlar. Necesito ir al toilette."

"Iré contigo", dijo Hannah.

Tanto Hannah como Lisa encontraron cubículos desocupados.

Lisa estaba detrás de la puerta del baño cuando escuchó a dos mujeres entrar y comenzar una conversación.

La primera mujer dijo: "¿Puedes creer que Doug trajo a su prometida negra a este evento? Todos están hablando de eso. Doug va a arruinar su carrera casándose con ella."

La segunda mujer respondió: "Escuché que una vez que te vas con los negros, ya no puedes volver. Nunca pensé que él realmente se casaría con ella."

"Cuando él la trajo a cenar la primera vez y la presentó como su novia, pensé que al señor Whitman se le caerían los dientes."

"No puedo creer que haya dejado que Doug y su prometida se sentaran en su mesa."

La primera mujer dijo: "Él es el único que conoce a alguien negro. Escuché que Kim Parks quiere a un abogado negro para su divorcio, pero el Sr. Whitman no contratará uno."

El chirrido de la bisagra en la puerta indicó que las mujeres se marchaban. Lisa aún podía oír el sonido de sus voces mientras salían del baño y seguían hablando sobre Doug, los negros y la inferioridad negra.

Lisa estaba demasiado aturdida para moverse. No sabía si enojarse o simplemente olvidar lo que había escuchado. Cuando salió del cubículo, Hannah se estaba lavando las manos y parecía un poco sonrojada.

"¿Estás bien, Lisa? Sé que oíste a esas mujeres hablando. "

"Estoy bien", dijo Lisa apretando los dientes. Sabía que esto solo era el comienzo de las cosas que se dirían a sus espaldas y en su cara sobre su matrimonio con Doug.

Capítulo 32

Doug observó a Lisa salir del baño.

Se acercó a ella. Sintió que algo estaba mal. "¿Estás bien?"

"Estoy un poco cansada". La cara de Lisa se tensó cuando recordó la conversación en el baño. Miró a Doug preguntándose cuánto sabía el sobre la velada y por qué estaban allí.

"Nos hemos quedado lo suficiente como para haber hecho el acto de presencia. Estoy lista para irme cuando vos lo estés. "

"Gracias."

Lisa guardó silencio durante el camino a casa. Doug imaginó que estaba cansada y necesitaba un descanso extra. Ella se despertó cuando se acercaron a la casa.

"Haré chocolate caliente si lo deseas", dijo Doug.

"Claro, Doug".

Lisa y Doug decidieron cambiarse antes de tomar su chocolate caliente nocturno. Lisa aún estaba echando humo por los eventos de la noche. Se paró frente al espejo mientras Doug bajaba la cremallera de su vestido. Ella lo detuvo y se volvió para hacerle su pregunta.

"¿Crees que tu carrera se arruinará si te casas conmigo?"

Doug estaba aturdido por su pregunta. Respondió rápidamente sin pensarlo. "Mi vida está arruinada si no me caso contigo. ¿Por qué la pregunta, Lisa?"

"Por nada en particular."

"Lisa, ¿qué está pasando? ¿Estás teniendo dudas sobre esto?"

Lisa se giró y miró hacia el fondo de los ojos azules de Doug.

Doug pudo ver que estaba enojada. "¿Qué es lo que anda mal? Parecías molesta antes. ¿Qué fue lo que pasó?"

"¿Por qué crees que nos sentaron en la mesa del Sr. Whitman?"

Doug se sorprendió con su pregunta. Casi se había salido con la suya. "Para entretener a Kim Parks."

"¿Sabías que está buscando un abogado?"

Doug se encogió los hombros, "Si."

Lisa se enojó aún más. "¿Sabías que el Sr. Whitman no contrataría a un abogado negro?"

"No, Lisa, no lo sabía. ¿Dónde has oído eso?"

Aunque sabía que su firma manejaba clientes de elite, nunca pensó en la raza de sus clientes. Recordando sus dos años en la empresa, nunca había tenido un cliente negro ni había visto a un abogado negro.

Quizás Lisa tenía un punto.

"Escuché un comentario en el baño. Tu empresa es racista."

"Lisa, la empresa es donde yo trabajo y no lo que yo soy. Estamos en el sur. Los viejos prejuicios son duros de matar. Cualquier empresa para la que yo trabaje puede practicar el mismo racismo."

"¿Así que vas a continuar trabajando en una empresa racista?"

"¿Qué quieres Lisa? Tenemos gastos."

"¿Y no puedes trabajar en otro lado para pagar esos gastos?"

"Si puedo. La práctica privada también es una opción."

"¿Cuánto sabías acerca de esta velada?"

"Lisa, el jueves por la tarde me enteré de que Kim Parks vendría. No sabía que estaríamos sentados con el Sr. Whitman ni que tendríamos que entretenerla."

"Pero lo aceptaste."

"Por supuesto que lo acepté."

"Y no me dijiste nada. ¿Cómo se supone que debo confiar en ti? ", gritó. "Se supone que debes tenerme al tanto."

"Mira, cálmate. Te estoy protegiendo."

"No, no lo estás. Te estás protegiendo a ti mismo. ¿Pensaste que no me daría cuenta?"

"¿Qué deseas? ¿Una disculpa? ¿Qué tal un lo siento, lo jodí?"

La frustración de Lisa culminó en una explosión de lágrimas. Doug la atrajo con fuerza y permitió que sus lágrimas fluyeran por su pecho. Ella soltó a Doug y sollozó.

"Aún estoy enojada contigo. Normalmente esto no me hace llorar. He llorado más en las últimas tres semanas de lo que lloré en los últimos tres años. No sé qué es lo que está mal conmigo."

"Estás embarazada, Lisa. Son las hormonas." Él la condujo hacia la cama, "Descansemos un poco. Tomaremos el chocolate caliente mañana. Tenemos un largo día planeado."

Capítulo 33

Lisa estaba dormitando cuando sintió el olor de los huevos que se estaban haciendo en la cocina. El olor le causó náuseas, así que su primera parada fue el baño donde tuvo que devolver todo lo que había comido la noche anterior. Se lavó la cara, se miró en el espejo y sacudió la cabeza.

"Todavía no puedo creer que estoy embarazada", se dijo en voz alta. Se cepilló los dientes y bajó las escaleras para ver el desayuno completo que Doug había esparcido sobre la mesa.

"Te escuché en el baño. Perdón por los huevos."

"¿Cómo supiste que fueron los huevos?"

"Soy realmente bueno adivinando qué te da náuseas. No te ofreceré huevos. Tengo otras cosas."

Doug le preparó a Lisa un plato con frutas, yogur y tostadas. Lisa estaba feliz de comer algo refrescante.

"¿A dónde irás esta mañana?" preguntó Lisa.

"Haré las compras navideñas con Greg. Estaré fuera un buen rato, pero podrás llamarme por celular."

Lo que Lisa no sabía era que Doug iría a comprar un regalo navideño y otro de cumpleaños acompañado por la madre de Lisa. Doug había pensado que esa sería una buena ocasión para conocer mejor a su futura suegra quien podría ayudarlo a elegir un regalo que le gustaría a Lisa.

"Más tarde vendrá Terri. Voy a aprovechar la mañana para arreglarme el pelo, así que me iré pronto."

"Lisa, quisiera preguntarte, ¿por qué te lleva tanto tiempo la peluquería? Tu último turno duró cuatro horas. Pensé que necesitaría un equipo de búsqueda y rescate para encontrarte."

Lisa se rió. "Lo siento Doug, pero esa es una de las pegas de ser una mujer negra. Dependiendo de qué clase de servicio deseas y de cuanta gente hay en la tienda, podría tomar un buen rato."

"¿Estás segura de que no quieres cancelar y quedarte en casa? Luces como si necesitarás más descanso."

"Estoy bien. De paso, estoy empezando a creerte, Doug. Debo relajarme. Trataré de dormir bajo la secadora."

***

Doug hizo una parada antes de llevar de compras a Ann.

Fue a la Galería de Arte de John Cascade. Doug decidió encargarle una pintura como regalo de boda para Lisa y se detuvo para hablarle a John sobre los detalles.

John era un amigo a quien Doug de vez en cuando le compraba obras de arte para donarlas a las subastas caritativas. El estudio de John comenzaba a ganar popularidad entre los profesionales que querían tener obras de arte originales, pero que no tuvieran un costo tan prohibitivo que requiriera volver a hipotecar sus casas.

John saludó a Doug en la entrada con una amistosa sonrisa y un apretón de manos. "¿Qué te trae por aquí? Te fuiste corriendo con Lisa la última vez que viniste a verme."

"Lamento eso. Ella y yo teníamos que conversar."

"No pasa nada Doug, estás aquí ahora. ¿Qué hay de nuevo en tu mundo?"

"Lisa y yo vamos a casarnos. Quiero darle algo especial como regalo de bodas." John arqueó las cejas con incredulidad.

"¿Lisa, la *sistah*? ¿Con la que te fuiste? ¿Hablas en serio? Debieron de tener una buena charla. ¿Qué dijo su familia?"

"Ellos esperaban esas novedades."

"Doug, yo no sabía que vos salías con *sistahs*."

Doug se rió entre dientes y se sonrojó ligeramente. "Es solo con Lisa. La boda será en febrero."

"¡Febrero! Tu sí que no pierdes el tiempo."

Doug sonrió y le contó el resto de las novedades. "Lisa está encinta. Aceleramos la boda."

"Doug, estás sobrepasado de novedades. Pensé que eras el último soltero confirmado. Se requirió una *sistah* para hacerte sentar cabeza."

Doug sonrió y cambió de tema. "Lisa realmente adora tu trabajo. Tengo algo en mente " Doug le dio a John algunas fotos de Lisa que tomó prestadas de sus álbumes.

John sonrió. Su profundo hoyuelo formó una pequeña caverna en su mejilla izquierda. "Será invitación de la casa, Doug. Considéralo como mi obsequio para vos."

"Gracias, sé que a ella le encantará. Tengo que ir de compras con la madre de Lisa."

Una hora más tarde, Doug llegó a la casa de los Dunbar para recoger a Ann.

Ann abrió la puerta y Doug bajó del auto para pasar al estudio a saludar al padre de Lisa antes de partir con Ann. "Hola señor Dave."

Dave apretó la mano que Doug le había extendido. "Hola Doug. He oído que eres lo suficientemente valiente como para ir de compras con mi esposa."

"Estuve de compras con su hija, no puede resultar peor que eso."

Dave se rió con la observación de Doug. "Probablemente estás en lo cierto, hijo."

"Doug, ¿estás listo para partir?" gritó Ann.

"Será mejor que vayas. No puedes hacer esperar a la jefa," dijo Dave.

Doug le guiñó el ojo a Dave y respondió al llamado de Ann "Estoy listo."

***

Doug y Ann acordaron comprar en el centro comercial ropa de maternidad para Lisa. Pasaron por varias tiendas antes de que Ann se detuviera frente a una vidriera que exhibía una urna de color mostaza.

"Es hermosa. Me encantaría tenerla en mi sala de estar."

Doug asintió y ambos reemprendieron la marcha hacia la sección de maternidad de la tienda. Doug tenía miedo de adivinar qué talle estaría usando Lisa, ya que su cuerpo había cambiado un poco debido al embarazo. Había mirado las etiquetas en su ropa para tener una idea de por dónde empezar, pero no estaba seguro de qué ropa debería elegir para acomodar su creciente pancita. Estaba ciertamente contento de que Ann estuviera allí,

"¿Puedo ayudarla, señora?" preguntó la joven morena empleada de la tienda. Era de un tamaño diminuto y tenía los ojos de color marrón oscuro.

"Solo estamos mirando." dijo Ann.

Después de seleccionar algunos artículos, Ann se acercó a la caja registradora. Una vez pasadas todas las etiquetas, el empleado le indicó a Ann la suma a pagar. Doug se acercó y gesticuló a Ann indicándole que no tenía que abrir su cartera.

"Yo me encargo, mamá." dijo.

Ann miró a Doug sin saber qué decir. Desde que Doug y Lisa se habían comprometido, ella no sabía cómo quería que él la llamara. Ricky siempre la llamó "Sra. Ann". No estaba segura de que le gustara eso tampoco, y "mamá" se sintió extrañamente bien saliendo de la boca de aquel hombre.

Ella continuó sin mover un músculo, pero permitió que Doug terminara la compra con su tarjeta de crédito platinum de American Express.

Doug tomó las bolsas y escoltó a Ann hacia la puerta.

Otras vidrieras del shopping permitieron que aprendieran un par de cosas más uno acerca del otro. Doug descubrió que Ann adoraba las velas, la cerámica y las carteras caras.

Ann aprovechó el tiempo para observar el nivel de comodidad que tenía Doug haciendo las compras junto a ella. Él era muy amable y paciente. Cuando Ann quería pasar tiempo adicional en una tienda el o esperaba en un banco o aprovechaba para hacer sus compras en otra sección.

Doug llamó para ver cómo estaba Lisa mientras Ann estaba en una tienda mirando bolsos. "Aún estás en la peluquería. ¿Cuánto tiempo has estado ahí?"

"Cállate Doug. ¿Acaso no estás de compras con Greg? Yo estoy disfrutando de mi tiempo libre antes de volver a casa contigo."

"Me lastimas, Lisa. Tendrás que compensarme cuando vuelva a casa."

Lisa se rio, "Así será."

"Adiós, Lisa."

Ann se acercó ni bien cortó la llamada.

"¿Estás lista para almorzar?" preguntó Doug.

"Si. No me percaté de cómo pasó el tiempo."

Doug sonrió y condujo a su futura suegra del shopping hacia su auto.

Llegaron al restaurante de comida italiana *Imprecia* para un almuerzo tardío.

La acomodadora los saludó. "¿Para uno o para dos?" preguntó.

"Para dos." contestó Doug.

La camarera los condujo hacia una mesa.

Doug rápidamente apartó una silla para Ann.

Una vez que tomaron asiento Doug comenzó la conversación. "Gracias por sugerir este paseo de compras."

"Tenía mis motivos. Con todo avanzando tan rápidamente, necesitaba conocer más al hombre con el que mi hija se está por casar."

Doug sonrió. Había eludido exitosamente por años los interrogatorios familiares. De las pocas veces que la había visitado sabía que Ann manejaba sus asuntos domésticos de forma justa, pero firme. Ahora era su turno para dejar que su madre lo conociera mejor.

"Lanza tus preguntas."

"Por si aún no te has percatado, mi hija es auto suficiente. Ella no necesita depender de un hombre. Así la criamos."

Ahora él sabía de donde ella había tomado sus rasgos de independencia. Doug tomó nota.

Su madre.

Obtener el título de abogado fue la mejor jugada de su vida.

"¿Cómo vas a hacer para que mi hija sea feliz?"

"Su hija es feliz. Estresada, pero feliz."

La camarera interrumpió para tomar el pedido.

"¿Cómo le está yendo realmente a mi hija con el embarazo?"

"Las náuseas matutinas no han sido divertidas para ninguno de los dos."

Ann apoyó su vaso de soda medio vacío y pensó en la naturaleza obstinada de su hija. Esto no iba a ser sencillo para Lisa porque tendría que depender de los demás para ayudarla con todo. La boda, las vacaciones, el trabajo a tiempo completo y el nuevo esposo serían solo una parte de los asuntos que ella tendría que manejar el próximo año.

"¿Quién cuidará al bebé?"

"Mamá, Lisa y yo ya hablaremos del tema". Doug apoyó sus manos sobre su regazo apretándose los dedos con fuerza sobre sus rodillas. La mamá de Lisa se estaba poniendo ansiosa y él tenía sus propias preocupaciones.

Ann frunció el ceño pues esperaba una respuesta más concreta. Continuó presionando. "¿Qué dijo tu jefe sobre tu compromiso?"

"Felicitaciones", él se recostó en su silla, sosteniéndole la mirada. "Sra. Ann, entiendo su preocupación. Lisa y yo resolveremos todos estos asuntos."

Hizo una pausa para obsequiarle a Ann su propia mirada preocupada. "Su familia no me quiere."

"¡Qué!", dijo ella con incredulidad. "Dave y yo te hemos tratado respetuosamente."

"¿Acaso faltaron a la cena de Acción de Gracias? La palabra galleta resonó muchas veces y no las servían para la cena."

Ann se rió.

Doug continuó, "Y definitivamente no le agrado a Ricky. Tampoco a las tías de Lisa. También oí parte de la conversación que se mantuvo en la cocina."

"Oh, Doug, no es así, en realidad sí les agradas," dijo Ann a través de lágrimas que le provocó su risa. "Ese es el motivo por el cual hablaban de vos. No escuchaste lo suficiente para oírlas hablar del resto de la familia."

"¿Siempre seré "la galleta" en esta familia?" preguntó Doug. Sabía que siempre habría reuniones familiares y no quería sentirse incómodo.

"Lo siento, Doug, pero si, probablemente siempre serás la galleta. Tengo una familia difícil. Todos tienen un sobrenombre. ¿O acaso yo luzco como una *Sha booboo*?"

Doug retiró sus manos del regazo y comenzó a reírse con lágrimas brotando de sus ojos.

"Será mejor que no repitas eso o tendré que pagarle a un hombre llamado Guido para hacerte desaparecer."

"Tendrá que hacer fila. Lisa es la primer beneficiaria para hacerme desaparecer."

"Al menos galleta es un apodo. Tomó años y muchas muertes para dejar de escuchar ese nombre."

"Lo comprendo. Debo pagar mis deudas."

Capítulo 34

"¡Feliz cumpleaños, Lisa!"

Lisa bostezó, se desperezó y respondió adormilada: "Gracias". Luego salió a toda velocidad de la cama para hacer una carrera hacia el baño. Cuando regresó había una pequeña caja en la cama.

"Para mí, ¿qué tenemos?" Para su sorpresa, había boletos de hockey. "No me digas. Eres un campesino encubierto."

"No, canadiense furtiva. Si quieres ver mi lado campesino hay un festival de juegos salvajes."

"Detente. Quiero conservar la comida que ingerí anoche." Soltó una risita. "No puedo esperar para ir. Amo el hockey. ¿Cómo supiste?"

"Es prácticamente lo mismo que el fútbol, excepto por los palos, el hielo, el disco, los tiempos fuera y todas las peleas. Es un deporte brutal. Mis otras opciones eran un espectáculo de monstruo camiones, lucha o carreras de resistencia. La ópera no es tu estilo".

"Claro que no, Doug. No tiene suficiente acción." Ella hizo una pausa y se encontró con su mirada, "Ven a ducharte conmigo mientras todavía hay espacio para ambos."

"Oh sí."

***

Rápidamente Doug se deslizó fuera de la cama y corrió hacia la puerta de la ducha. Lisa siguió su ejemplo y estuvo enseguida detrás de él. Veinte minutos más tarde, la pareja estaba descansando en la cama. Doug alcanzó a Lisa y acarició sus pechos hinchados.

"Me estás dando un buen entrenamiento".

"Esto no es nada" dijo ella aun jadeando. "Cuando nazca el bebé, ahí si te daré entrenamiento."

"Promételo." dijo Doug mientras sonreía. "Creo que tendremos que salir para eso".

"Puedes apostar que lo haremos".

***

Doug y Lisa fueron al trabajo en auto. Ella recibió varias llamadas de su familia. Doug silenció la radio para que ella pudiera recibir todos los saludos. Echó un vistazo a su cintura, que pronto estaría llena debido a su inminente maternidad.

Todos en la oficina estaban al tanto de que Lisa estaba comprometida con el sobrino de Mona.

Cuando en el transcurso del día Lisa recibió flores por su cumpleaños, todos sabían que eran de Doug. El almuerzo llegó pronto y ella pasó para comer un bocado rápido con Doug en una cafetería cercana.

"¿Estás lista para salir esta noche?" Cuando llegó la camarera Doug ordenó para ambos.

"Quiero la ensalada de atún a la parrilla. Ella comerá el pollo magro, brócoli..."

"Puedo pedir mi propia comida." dijo ella enfurecida. "Pido lo que yo quiero cuando no estoy con vos."

Doug miró a la camarera. "Déjenos un minuto, por favor".

Una vez que la camarera se fue, Doug se dirigió a Lisa. "Lisa, simplemente confía en mí. Tengo amplios conocimientos. Cuando --"

"Entonces tu lleva a este bebé. Yo como lo que yo quiero cuando es MI cumpleaños."

"Está bien, Lisa, pero seguirás los ejercicios y mi dieta el resto del embarazo. No quiero que nada te pase."

La camarera volvió. No estaba segura de a quién preguntarle qué deseaban comer.

"Estoy cansada de esta discusión. Termina de ordenar. Yo iba a pedir algo similar. Tengo que volver a la oficina."

Doug terminó de hacer el pedido y la camarera se alejó de la mesa. Los ojos de Doug chispearon y él le echó una de sus sonrisas seductoras. Se levantó de la mesa y le susurró con delicadeza mientras le besaba la oreja. "Te amo. Feliz cumpleaños."

Lisa suspiró mirándolo con una mueca en su rostro. Su Adonis de color rubio arena venía con su precio. El abogado manipulador había hecho su aparición y la tenía en su puño.

La comida llegó y ella comenzó a comer.

"¿Quieres cortar esto para mí en pequeños bocadillos?" preguntó Lisa con sarcasmo.

Doug disfrutó de su revancha.

"Oh Lisa, me encantaría hacer eso por vos."

Tomó su tenedor y apuñaló su pollo maniobrando el cuchillo para comenzar a cortarlo. Lisa se rió entre dientes y se dijo a sí misma: *tendré que hacer trabajar su naturaleza controladora en mi propio beneficio.*

***

En lugar de luchar contra el tráfico, Doug y Lisa tomaron el tren para ir al juego de hockey. Cuando ubicaron sus asientos, Lisa vio a Corey. Ambas mujeres al verse gritaron como dos nenas, corriendo para dar y recibir abrazos.

""¿Qué haces tú aquí?" preguntó Lisa.

"Feliz cumpleaños, Lisa. Doug me envió un par de entradas. Quería sorprenderte por tu cumpleaños." Corey hizo una seña al hombre a su lado, "Antes de que nos pongamos al día, este es Ben, mi novio."

Ben tenía el pelo largo y oscuro recogido en una coleta. Su barba estaba pulcramente recortada. Era un hombre de estatura media con un cuerpo muy delgado. Estaba sosteniendo la mano de Corey.

"Es un placer conocerte" dijo con un acento.

"Texas" dijo Doug "Reconocería ese acento en cualquier sitio."

Ben se rió mientras le apretaba la mano a Doug. "Austin, para ser específico. No todos los acentos sureños suenan igual. Puedo escuchar tu acento. Definitivamente es de Georgia".

Los hombres rieron y Lisa sonrió, tomando a Doug del brazo para que él la mirara. "Gracias por mi regalo, Doug".

Al acabar el juego, Doug y Lisa tomaron el tren de regreso hasta su auto. Lisa estaba exhausta y de camino a casa se durmió inmediatamente.

Capítulo 35

El reverendo Reginald Morris había invitado a Doug a su servicio nocturno del jueves para la noche vocacional del grupo juvenil. Doug les había pedido a Greg y Lisa que lo acompañaran la semana anterior. Greg había aceptado enseguida reuniéndose con ellos en la iglesia.

Uno de los miembros de la congregación los saludó en la puerta. "Bienvenido a nuestro servicio. ¿Son visitantes?"

Doug respondió: "Estamos aquí para la noche vocacional del grupo juvenil".

"Déjenme ver si puedo encontrar a Ikeda. Esperen aquí, enseguida vuelvo."

Otros miembros todavía estaban entrando a la iglesia para el servicio de la tarde y saludaban al trío al pasar. La pequeña mujer regresó escoltada por Ikeda.

"Te llevaré al grupo de adolescentes, Doug. ¿Por qué no me siguen todos?" dijo Ikeda amablemente.

Ikeda los llevó a un aula en la que estaban unos treinta adolescentes. Entre ellos estaba el ministro de jóvenes que se levantó y los saludó en la puerta.

"Bienvenido a nuestro grupo de jóvenes. Soy el pastor Sloan."

"Soy Doug Bader, esta es mi prometida, Lisa Dunbar, y mi buen amigo Greg Speaks". El pastor extendió su mano al trío. Doug había preparado unos folletos y se los extendió al pastor.

"Pastor Sloan, traje esta información para que su grupo se la lleve para leerla en casa."

El pastor Sloan leyó los folletos, "Impresionante. Déjame presentarte a la clase."

Doug tomó la delantera al presentarse al grupo. Él habló primero y luego respondió preguntas. Lisa y Greg tomaron turnos para hablar y también respondieron preguntas. Luego despidieron al grupo de jóvenes quedándose los tres para conversar con el pastor.

El pastor Sloan dijo: "Quería agradecerles por acercarse a nuestra iglesia hoy. Doug, tenía curiosidad, ¿cómo sabes tanto sobre ambos campos: el de la medicina y de la ley?"

Doug respondió: "Fui a la facultad de medicina y a la del derecho. No me preguntes cómo sobreviví."

El pastor se rió. "Y Lisa, no creo que me recuerdes. Fui a la escuela secundaria con tu hermana, Terri."

Lisa lo miró. Era el hombre que solía escribirle notas de amor a Terri que no llevaban firma.

"Creo que te recuerdo ahora. ¿Cómo están tus cosas, Dee?

"Mi vocación es el ministerio de jóvenes y eso me mantiene ocupado. Felicita a Terri por su matrimonio con Ricky."

"Lo haré."

El Rev. Morris encontró al trío antes de que se marcharan. El reverendo Morris extendió su mano para agradecer a los tres por venir.

"Doug, parece que ahora te debo dos favores. Mi esposa y yo quisiéramos que tú y Lisa vinieran a cenar; Greg, también eres bienvenido."

"Estaremos felices de ir. Tendrá que ser después de la boda. En estos momentos estamos muy ocupados con todo lo que tenemos entre manos", dijo Doug.

"Eso es genial. ¿Ya han encontrado una iglesia? Preguntó el Rev. Morris.

"Lo estamos analizando", dijo Doug mientras oía como el estómago de Lisa comenzaba a crujir.

"Tengo hambre". dijo ella. "Siento interrumpirlos pero necesito encontrar algo para comer y pronto." El trío se despidió del pastor.

"Greg, ven con nosotros a cenar. Tengo que alimentarla rápido. Está un poco fuera de mi cronograma."

Greg y Lisa se rieron.

"No quiero ser el tercero de la discordia."

Lisa sonrió y dijo: "Es mejor que vengas, son las órdenes de Doug."

El trío se despidió del reverendo Morris y acordó encontrarse en *Johnny's on the Side*.

"Lisa, ¿qué se siente sacar al soltero más codiciado de Atlanta del mercado? Nunca hubiera pensado que vería el día en que Doug se esté casando".

Tanto Lisa como Doug se rieron.

"Doug y yo justamente hablábamos de lo rápido que sucedió todo. Además de planear una boda, tengo que arreglármelas con las visitas prenatales y trabajar."

La camarera los interrumpió para que pidieran las bebidas. Doug tomó la iniciativa al responder por Lisa.

"Ella tomará agua con limón y yo una Coca-Cola. Greg, ¿ya sabes lo que vas a pedir?"

Greg quedó asombrado con el comportamiento de Doug. Lisa no tuvo la oportunidad de abrir la boca.

"Tomaré una Coca-Cola con ron." La camarera se retiró. Greg continuó, "Lisa, ¿podrás aguantar nueve meses de esto?"

Lisa sonrió. "Oh, esto no es nada. Doug tiene un cronograma a seguir para todos los días durante los próximos nueve meses."

Greg los miró sorprendido y se rió. "¿La tienes tan bien planificada?"

"Algo así, he dejado cierta flexibilidad para algunas cosas." Doug giró levemente la mandíbula y le guiñó un ojo a Lisa.

"Oí que es culpa tuya que me esté quedando con él." dijo Lisa con una sonrisa forzada en su rostro.

Greg y Doug se rieron.

Greg dijo, "Oh, no tú también. Solo le aposté para que hablara con vos, y según recuerdo gané esa apuesta. Le cortaste el rostro. Yo le dije que no era sencillo hablarle a una *sistah*."

"¿Qué quieres decir con eso?" preguntó Lisa. Le esbozó una mirada penetrante esperando que se cavara su propia tumba.

"No, Lisa, no harás que empecemos con esa discusión. Estoy muy feliz por ustedes dos."

Doug cambió de tema. "¿Cómo te fue en tu reunión con la fraternidad?"

Greg dio un suspiro de alivio. Discutir con una mujer embarazada escoltada por su hombre no era su pasatiempo favorito. "Descubrí que tenemos algunos amigos en común."

"¿Quiénes?" preguntó Doug.

"Carter Glass y Trent Davenport". Doug recordaba muy bien a ambos hombres por diferentes razones.

Lisa intervino, "Carter estaba en la boda de Terri. Y nos encontramos con Trent en la cena que tuvo Doug con los socios." Doug deslizó su mano debajo de la mesa y tomó la mano de Lisa. Lisa lo apretó ligeramente y cambió de tema. "¿Eres oriundo de Atlanta, Greg?"

"Vivía en el suroeste de Atlanta cuando era un niño. Mi madre insistió en que fuera a una escuela privada para el secundario. Ahí es donde conocí a Doug. Somos amigos desde entonces."

"Greg y yo practicábamos atletismo. Greg corría distancias cortas y yo hacía fondo. Greg me enseñó algunas cosas para aumentar mi velocidad y yo le enseñé acerca de la resistencia."

"Doug me ayudó con las matemáticas y la ciencia. Yo me destacaba en lengua y sociales." La camarera volvió para tomar el pedido.

"Lisa comerá la ensalada de salmón a la parrilla con un ligero aderezo de vinagreta, sin cebollas y yo quiero un sándwich de pollo a la parrilla con papas fritas".

Greg sacudió la cabeza e hizo su pedido. "Yo quiero una hamburguesa con queso y tocino acompañada de papas fritas."

La camarera se retiró.

"Al menos pediste suficiente comida esta vez". Dijo mientras apretaba más la mano de Doug. Doug la besó en la mejilla.

Greg gruñó. "Tendremos que apurarnos para comer así ambos pueden llegar a casa para el postre."

Capítulo 36

La mañana de Navidad Doug se despertó alrededor de las 4:00 a.m. entusiasmado por la primera de las muchas Navidades que pasaría con Lisa. Presionando su nariz contra su mejilla rozó ligeramente sus labios contra su piel. No quería despertarla, pero deseaba mirarla mientras ella dormía pacíficamente.

Las cálidas manos de Doug contra su abdomen la despertaron de su sueño. Juntando sus dedos con los suyos, ella exhaló, relajando todo su cuerpo.

"Feliz Navidad, Lisa."

"Feliz Navidad, Doug."

Los húmedos labios de Doug cubrieron de pequeños besos su cuello. Él deseaba desayunar en la cama y Lisa era su plato principal. Lisa recibió su señal y afectuosamente abrazó a su prometido a quién pronto convertiría en padre.

Se detuvo bruscamente cuando sintió la ya familiar urgencia de su visita matutina al baño.

"Regresaré enseguida, Doug."

Lisa salió de la cama y se apresuró a aliviar la presión que sentían sus riñones. Regresó con un pequeño obsequio en la mano. Tras encender la lámpara, se deslizó en la cama y le entregó a Doug la pequeña caja. Doug besó a Lisa en el cuello, rascándola con las cerdas de su barba no afeitada. Lisa chilló de alegría empujando a Doug. Doug abrió su regalo. Dentro de la caja había materiales dorados, plateados y de color cobre ensamblados en forma de una T.

"¿Es hilo dental?" preguntó él.

Ambos rieron.

Lisa adoraba su sentido de humor. Había previsto que él tendría alguna acotación graciosa. "No, tontito. Es una tanga."

"¿Y qué haré yo con ella?" preguntó él socarronamente.

Doug adoraba el hecho de que Lisa era expresiva en su vida sexual. Ella no tenía problemas en condimentar su vida amorosa. Él sabía que ese regalo era un bocadillo para disfrutar durante la trasnoche.

Lisa sonrió con empatía y le contestó "Si te quitas las ropas te mostraré donde va."

"¿Me lo prometes?"

Lisa acercó a Doug frotando sus dedos contra su cálido y peludo pecho. Acarició su suave y ondulado cabello y le apretó los brazos, acercándolo más a su cuerpo ardiente.

Mientras besaba a Lisa, él rápidamente le quitó su pijama. Ella acarició el interior de sus muslos y su instantánea erección.

Él le quitó la ropa interior.

De alguna manera, la tanga nunca llegó al cuerpo de Doug.

***

Alrededor de las ocho Doug y Lisa finalmente abandonaron la cama para comenzar su día.

Esta era su primera Navidad juntos. Al levantarse temprano pudieron tener su tiempo juntos para intercambiar los regalos en privado antes de que llegara la familia.

Agarrados de las manos, bajaron las escaleras y se acomodaron al lado del árbol. Doug le dio a Lisa una pequeña caja. Lisa conjeturó que se trataría de una joya. Desenvolvió cuidadosamente el papel de regalo. Sus ojos se abrieron excitados y ella lanzó un grito.

"Lo adoro, Doug!"

Era un brazalete de plata que tenía una inscripción en su parte reversa. "Te amaré siempre, Doug."

Lisa adoraba los regalos personalizados.

"Me alegra que te guste."

"Tengo mi propia sorpresa. Sígueme."

Cuando se acercaron al cuarto de la tele, ella detuvo a Doug antes de que el pudiera avanzar más.

"Cierra tus ojos."

Doug sonrió ante su sugerencia. "Está bien, Lisa."

Ella sostuvo su mano y el avanzó cinco pasos tras ella con sus ojos aún cerrados. "Ábrelos ahora."

Él miró alrededor de la habitación y notó una antigua máquina pochoclera del estilo que se usaba en los cines. Doug adoraba las palomitas de maíz y abrazó a Lisa. Realmente apreciaba su sorpresa navideña.

"¿Cómo te las arreglaste para hacerla llegar aquí? No deberías levantar peso."

Recibí a mi papá y a un amigo suyo que me la trajeron ayer mientras vos estabas fuera."

"Gracias, Lisa. Esto será sensacional para las fiestas."

Capítulo 37

Todd fue el primero en llegar junto a su familia. Mona viajó en auto con él y fue la primera en saludar a Doug desde la puerta. Lisa estaba poniendo la mesa y saludó a la familia mientras ellos entraban.

Alice trajo algunos platillos ya preparados y Lisa le mostró donde colocarlos.

Doug y Todd fueron hacia el estudio. Doug se dio una vuelta por el bar y le preparó a su hermano un trago con ginebra. Como su tónico con vodka ya estaba vacío aprovechó para servirse otro.

Todd bebió su cóctel tintineando el vaso mientras observaba su entorno. "¿Dónde están tus nuevos parientes?"

"Están en camino."

"Escuché que la gente negra se toma su tiempo. ¿A qué hora les dijiste que estuvieran aquí?"

"Al mediodía."

"Deberías haberles dicho a las diez de la mañana y ellos probablemente llegarían para esa hora. Lo más seguro es que no se presentarán antes de las 3 p.m."

Doug asintió y recordó que Terri, la hermana de Lisa, estaría trayendo a su desagradable marido. Si Todd tomaba y Ricky se ponía odioso, podría armarse una gran disputa familiar. Él esperaba que Ray se presentaría porque necesitaba a un hombre de mayor nivel para romper cualquier altercado.

Una hora más tarde, comenzaron a llegar los parientes de Lisa. Ann y Dave fueron los primeros, traían varios regalos en las manos. El resto de la familia comenzó a arribar lentamente después de ellos. Por lo que Doug podía decir solo Terri y Ricky estaban faltando.

Las mujeres Dunbar comenzaron a adueñarse de la cocina relegando a Mona y a Alice a ser simples invitadas. Mona y Alice tomaron asiento en la mesa de la cocina y vieron cómo las Dunbar preparaban rápidamente la cena.

Lucille tomó una cazuela y la quitó de la encimera de la cocina.

"Ese es mío." dijo Alice.

"¿Qué hay en él?" preguntó Lucille con curiosidad.

"Costillas de jabalí". Lucille abrió la tapa y tomó una. "Nunca las he probado." Apresurándose para ver las costillas, cada una de las Dunbar dio un mordisco al que Lucille había pasado. Lucille tomó un plato y traspasó la carne.

Alice le habló, "¿Puedo ayudarte con eso?"

"Yo me arreglo, cariño."

Alice miró a Lisa con frustración en sus ojos. Lisa captó su mirada y se encogió de hombros con una sonrisa, poniendo los ojos en blanco ante la exuberancia de sus familias.

"Alice, vayamos a dar una vuelta por la casa."

"Iré con Ustedes," dijo Mona.

Pronto estaban fuera del área de la cocina.

Lisa llevó a las mujeres al cuarto de los invitados y entrecerró ligeramente la puerta.

"Me disculpo por mis tías. Están acostumbradas a mandar en la cocina sin ningún tipo de ayuda. Como habrán visto, tampoco yo estoy en control de mi cocina."

Alice asintió frustrada. "Estoy acostumbrada a preparar o ayudar a hacer la cena navideña. Parece como si no fuera Navidad si yo no estoy involucrada."

"Hablaré con mis tías. Quizás me hagan caso."

Retornaron a la cocina donde las tías estaban totalmente absortas. La mesa de la comida ahora estaba cubierta con todos los platillos que trajeron los invitados.

Las tres mujeres intercambiaron miradas y decidieron que sería mejor otorgarle esta ronda a las Dunbar. Tomaron limonada mientras las otras mujeres hicieron el trabajo.

***

Odessa entretuvo a las mujeres de la cocina contando las historias de la infancia de Greg. Fastidió tanto a Olivia que ésta le dio varios trabajos de asistente de cocina para mantenerla ocupada.

"¿Sabes algo de Terri?" preguntó Ann.

"No, la llamaré" dijo Lisa. Se apresuró a subir las escaleras donde había tranquilidad para llamar a su hermana.

No obtuvo respuesta lo cual preocupó a Lisa.

Sonó el timbre de la puerta y ella se apresuró en bajar.

Terri y Ricky estaban allí parados sosteniendo regalos para la familia.

"Pensé que tendríamos que enviar una patrulla de búsqueda para encontrarlos. ¿Dónde han estado? Hace horas que los esperamos."

"Aquí estamos ahora." dijo Ricky "Tuvimos que ir a la casa de mi madre."

Terri tenía una mirada sombría en su rostro. Con una sonrisa tensa, dijo: "Feliz Navidad."

Capítulo 38

Doug y el resto de los hombres se reunieron en la sala de cine. Su televisor de pantalla gigante pasaba imágenes de fondo, aunque nadie le estuviera prestando atención. Él presentó a su hermano a varios de los miembros de la familia de Lisa.

Todd y Dave se hicieron inmediatamente amigos. La experiencia de Todd en la construcción le resultó interesante a Dave, quién era ingeniero civil para el estado de Georgia.

"Dave veo que eres fan de los UGA".

Dave se tomó el centro de la camisa. "Soy un gran fan. Ese es mi *alma mater*. ¿Fuiste a la universidad?"

"No pude. Me encargué del negocio cuando mis padres murieron. Doug es el inteligente."

"Dirigir tu propio negocio de construcción requiere mucho talento. Trabajas por tu propia cuenta. Los demás trabajamos para otros. Me parece que el inteligente eres tú."

Todd asintió con aprecio. Como Doug era el genio de la familia, Todd recibía muy poca atención por sus logros. Daba por sentado que sus habilidades para dirigir el negocio y mantener a su familia eran tan importantes como ser un abogado.

Doug, Greg y Ray estaban discutiendo las últimas tendencias de moda para los hombres. Debido al estatus de Greg como ejecutivo de marketing, él se estaba volviendo más compenetrado con las tendencias de la moda. Había viajado mucho haciendo presentaciones a los clientes, así como al personal clave de su empresa. Estaba formando su imagen para poder progresar en la escalera corporativa.

Cuando Doug escuchó el timbre, corrió a la parte delantera de la casa, con la esperanza de ahorrarle a Lisa el esfuerzo de tratar de llegar allí primero. Aun así ella lo había vencido. Doug estrechó firmemente la mano de Ricky y lo miró a los ojos, señalando que este era su territorio y que no quería problemas en su casa. Ricky reconoció su mirada, asintió y le devolvió el firme apretón de manos.

"¿Nos perdimos la cena?" preguntó Ricky.

"Los estábamos esperando" respondió Lisa con firmeza. "Avisaré a todos que han llegado y que comeremos pronto."

Doug apretó el hombro de Lisa. "Yo me encargo". Caminó hacia la cocina. "Mamá, Ricky y Terri están aquí".

Lisa sonrió agradecida, viendo a Doug alejarse antes de regresar a tiempo para escuchar a Ricky y Terri discutir.

Ricky le susurró en voz alta a Terri. "No sé por qué tu madre le permite que le diga mamá. Ella no es su madre."

"Cállate, Ricky. Fuimos a la casa de tu familia primero cuando habíamos dicho que iríamos allí a lo último."

"Mi madre estaba enojada porque no comiste."

"No me importa que tu madre estuviera molesta porque yo no comí. Lisa, ¿dónde está mamá?"

Lisa y Terri desaparecieron en la cocina dejando a Ricky solo en el vestíbulo. Doug regresó y lo llevó a donde estaban reunidos los demás hombres. Fue una estancia corta porque la cena estaba casi lista y se serviría pronto.

La familia se reunió alrededor de la mesa. Dave guió las oraciones.

Después de las oraciones, Doug apartó a Lisa y le susurró al oído. "No dejes que Ricky se siente al lado de mi hermano."

Lisa levantó la vista y dijo "Ooh, tienes razón. Haré que papá se encargue de eso."

Dave intervino exitosamente desviando a Ricky de sentarse al lado de Todd, pero no pudo evitar que se sentaran uno frente al otro. Se habían instalado dos grandes mesas. Ann, Dave, Lucille, Olivia, Mona y Ray estaban sentados en la cocina y el resto de la familia estaba sentada en el comedor.

Todos estaban sentados y acomodados en sus lugares. Doug y Lisa observaron ansiosamente para ver si los fuegos artificiales de Ricky se extendían al hermano de Doug.

Ricky lanzó su mirada a través de la mesa para buscar los condimentos. La sal estaba frente a Todd.

Ricky hizo su petición. "Pásame la sal."

"Querrás decir la pimienta negra." dijo Todd con sarcasmo.

Lisa le dio un codazo a Doug para que prestara atención a la conversación.

"Solo dame la maldita sal", dijo apresuradamente Ricky.

"Consíguete tu propia maldita sal." dijo Todd con un toque de enojo en su voz.

Ricky se levantó y tomó el salero que estaba frente a Todd añadiendo en voz baja y sarcástica: "Apuesto a que tu culo también es republicano."

"Con un demonio, lo es".

Alice tiró de la manga de Todd.

Todd la miró, "Déjame en paz, Alice."

Ricky respondió: "Que fastidio. Los republicanos son racistas. Apuesto a que también tienes una bandera de la Confederación."

"Tengo la bandera y mi arma. ¿Quieres hablar de esto afuera?" Todd y Ricky se removieron como si quisieran levantarse de sus sillas. Doug intervino con un fuerte tono de voz.

"Nadie saldrá afuera. Ambos se quedan a cenar. Es Navidad. Respeten mi hogar."

***

Luego de intercambiar los regalos, la familia de Todd fue la primera en prepararse para partir. Doug buscó a Lisa para que ella pudiera despedirse. Solo encontró a Ann limpiando la cocina junto a Lucille y Olivia.

"¿Mamá, donde está Lisa?" preguntó.

"Está arriba descansando. Le dije que se recostara. La cena la agotó."

Subió las escaleras para echar un vistazo a Lisa. Estaba profundamente dormida y él eligió no despertarla. Cerró la puerta para que ella no fuera molestada. Regresó con los invitados que estaban listos para partir.

Todd estaba despidiéndose en la puerta. Alice y los niños ya estaban en el auto cuando Doug caminó con Todd.

Todd dijo: "Ese Ricky es un idiota. Me alegra no tener que aguantarlo."

"Pero Terri si tiene que soportarlo. Siento pena por ella."

Todd asintió con la cabeza.

"Cuida a Lisa. Parecía estar realmente cansada."

"Lo haré."

***

Después de que los restantes miembros de la familia se hubieran marchado, Doug volvió a subir para ver a Lisa. Ella estaba comenzando a despertarse. Notó que estaba realmente oscuro afuera y la casa estaba silenciosa.

"¿Dónde están todos?"

"Se han ido."

"¿Por qué no me despertaste para que me despidiera?" Lisa bostezó y se sentó en la cama.

Doug abrazó a Lisa y acarició suavemente su mejilla. "Necesitabas tu descanso. Verás a todos de nuevo pronto."

SOBRE LA EDITORA

VICKY FORTE - Desde que aprendió a leer Vicky Forte se convirtió en una incondicional amiga de los buenos libros. Viviendo e imaginando aventuras durante las tardes de lectura de su infancia, pasando junto a manuales largos ratos de estudio que le permitieron completar el secundario con el más alto promedio, usándolos como guía para recibirse de Licenciada en Informática ahora también se aboca a colaborar con ese maravilloso universo de libros escribiendo, traduciendo y editando textos. Es la autora de la novela juvenil "Círculo de Fuego, un secreto entre llamas" y entre sus diversos proyectos se siente particularmente feliz de contribuir para que Lisa y Doug relaten su maravilloso romance al público hispanoamericano. Puede ser contactada en victoria@tenetuweb.com.ar

SOBRE LA AUTORA

MIA MAE LYNNE - Mia disfruta escribiendo desde que era una niña. Todo empezó con un diario que escribió durante 7 años que funcionaba como su vía de escape. Esto hizo que Mia siempre supiese que algún día todas de sus ideas creativas saldrían de alguna manera. La saga Las crónicas del destino fue creada en el área metropolitana de Atlanta dejándola explorar su lado más creativo. La serie fue rebautizada más tarde como Los hombres del sur no se enamoran, y El soltero más codiciado de Atlanta como el primer libro de muchos. Mia ha disfrutado mucho al escribir la saga debido a que cada uno de los personajes, los cuales ha adoptado, le han confiado sus historias para compartir con el mundo.

Después de descubrir las habilidades psíquicas y de mediumnidad, se convirtió en estudiante de espiritismo. Recientemente, la autora se ha adentrado en este camino y ha explorado los aspectos tradicionales del tarot, la numerología, la astrología, y otras áreas relacionadas y de interés de las artes metafísicas. Ha recibido formación de Insight Espiritual I y II de la Comunidad del Espíritu en Nueva York, así como de la lectura de numerosos libros y asistencia a varias clases para ampliar su conocimiento espiritual.

www.ingramcontent.com/pod-product-compliance
Lightning Source LLC
Chambersburg PA
CBHW050736180626
46814CB00002B/775